中公文庫

最後のひと

松井久子

中央公論新社

目次

最後のひと

もっとも長生きした人とは、もっとも多くの歳月を生きた人ではなく、
もっともよく人生を体験した人だ。

——ルソー『エミール（上）』（今野一雄訳、岩波文庫）

1

エリック・サティを聴きながら、かぼちゃと小松菜のスムージーに、スクランブルエッグ、クロワッサン、フルーツヨーグルト、そして、カフェ・オレという贅沢《ぜいたく》なメニューの朝食を、唐沢燿子《からさわようこ》は今朝もひとりで食べている。

流れるサティは、最近彼女が契約したばかりのスマホ・アプリ、スポティファイが選んでくれたものだ。

なんと便利な世の中になったものだろう。

若い頃はレコード盤に針を落として、またいつの頃からかはCDをプレイヤーにセットして、その時代ごとの機器を使って聴いていた音楽が、いまではスマホから流れている。

音楽配信のプラットフォーム、スポティファイに登録して、自分の好みの曲をインプットしておけば、古今東西、億に近い楽曲のなかからその日の気分に合わせて、どんなジャンルの音楽も聴くことができるのだ。

燿子は今年七十五歳を迎えて、とうとう「後期高齢者」の仲間入りをした。

後期高齢者になると、医療費の自己負担が一割になったり、市営バスの無料パスが貰えるようになるなど、いくつかの恩恵はあるものの、昨日までよりもさらに世の中から外れた存在になったという感覚は否めない。

「外され感」のなかでも、いちばんは、何年か前まであれほど忙しかったテレビドラマの脚本の仕事に、めっきり声がかからなくなったことだ。

身体はまだ健康で、いくらでも仕事ができるし、世の中はますます高齢社会になって、視聴者も中高年層が圧倒的に多くなったと思うのに、依然、若者向けが中心のテレビドラマの世界で、脚本家・唐沢燿子はもう「過去の人」だった。

それでも燿子は、そんな社会に抗《あらが》うかのように、日々の暮らしでは「年寄りには無理」と思われていることが得意である。

たとえば、スポティファイで音楽を聴くような、あるいは銀行振り込みにネットバンキングを駆使するような、今日の夕食をクラシルのレシピにそって作るような、更には散歩の途中、道端で見つけた花にスマホをかざしてその名を知るような、さまざまなことが。

耀子は、いまの時代に必要なネットまわりのことを、涼しい顔でできる人間でありたいと思っていて、なかでも特に重宝しているのが、その日何歩歩いたかを確認できるヘルスケア・アプリだ。一日の歩数が七千歩ならまずまず、一万歩を越えればよく頑張ったというわけである。

畢竟《ひっきょう》、彼女のスマホにはアプリが百以上も並んでいて、それらを日常生活でやすやすと操りながら、「もう歳だから」という言葉は絶対に口にしない、と心に誓っている。

しかしそれは、「いつまでも若くありたい」ということでは、断じてない。

もちろん「この歳なのに、私、すごいでしょ？」と自慢したいわけでもない。

生きているなら、世の中の変化に柔軟に対応できる人間でいたほうが、便利なことが多いからだ。

一方で、ついこのあいだまではあり得なかった失敗も、日常茶飯事になった。

財布を持たずに買い物に行っては、レジの所でようやく気づき、慌ててスーパーとマンションのあいだを往復したり、久しぶりに繁華街に出て急に方角がわからなくなったり、何かの用事で隣の部屋に行った途端、「何しに来たんだっけ？」と立ち往生してしまうなど、数え上げたらきりがない。迫り来る老いを、毎日うんざりするほど意識させられている。

スマホから流れる曲が、サティからサイモン&ガーファンクルに切り替わって、食器を片づけようと立ち上がったとき、突然、鼻の奥がむずむずして、いきなり大きなくしゃみが飛び出した。

何度も、何度も、盛大な爆発を繰り返すうち、やがて目までうるんできて、開け放したベランダに続く窓に駆け寄ると、慌ててガラス戸を閉めた。

くしゃみがやっと治まると、喉にかすかな痛みがあった。

これは風邪の初期症状か、それとも、あれだけ用心に用心を重ねていた新型コロナが、ついにこの私にまで?

不安にかられ、スマホで検索していまの症状と照らしてみると、どうも季節外れの花粉症のようだ。

そういえば一昨日も、鎌倉《かまくら》まで買い物に行ったとき、マスクの下で突然つるつると鼻水が流れ出して、往生したばかりだった。

両手が買い物袋で塞《ふさ》がっていて、拭《ぬぐ》うに拭えなかったのである。

逗子《ずし》に戻る電車に乗っても、いっこうに止まらない鼻水に、いよいよ耐えられなくなって、買い物袋をシートに置いて、ポケットから取り出したティッシュを丸め、鼻の穴に詰めるとマスクで隠し、なんとか自分の部屋までたどり着いた。

燿子はこれまで、周囲の人たちが花粉症に苦しんでいるのを見るたびに、

「まあ、気の毒に。お辛《つら》いでしょう？」

と同情の言葉を吐きながら、自分はこの歳になってもそんなことには縁がないと、内心、誇らしい思いがあったような気がする。

そして、こちらが同情のつもりでかけた言葉が、友人たちにはさも自慢しているように受け取られていたかもしれない。

私にもとうとう来たか……。

それにしても、七十五歳になっての「初体験」が、花粉症とは情けない。

燿子は忌々《いまいま》しさを抱えながら洗い物をすませると、バスルームに移動しながら、パジャマと部屋着を兼ねたグレーのスエットを脱ぎ、洗濯機に放り込んで、浴室に飛び込んだ。

最近は、朝食の後の朝風呂が日課になっている。

不要不急の用事がない限り、できるだけ外出しない毎日を余儀なくされて、かれこれ一年半ほどが過ぎた。

昨年の二月、世界じゅうを襲った思いがけない感染症のせいで、皆が家のなかで自粛する生活を強いられてきた。

以来、燿子の日常も、これまでとまったく違うものになってしまった。

それでなくても減り続けていた脚本の依頼が、ぴたっと無くなり、わずかな固定的収入源だったシナリオ教室の講師の仕事も、教室そのものの閉鎖が長いこと続いている。

たとえ新型コロナの流行が収まって教室が再開されても、もうこの歳になった自分は、馘《くび》になる可能性が大きいだろう。

七十歳になったのを機に始めて、最近やっと人並みに吹けるようになってきたアルト・サックスも、コロナで教室に通えなくなってからは、ケースのなかに眠ったままだ。

そんな風に、ついこのあいだまで当たり前にしていたことの何もかもが、当たり前ではなくなってしまった。

自分のような高齢者は、一度感染したら重症患者になる可能性が高く、生命の危険まであるという。それで燿子は、長期にわたる調査のエビデンスもないワクチンを、不本意ながら二度も打たざるを得なかった。

友達とも、娘の紗江《さえ》や二人の孫とも会えない日々が重なって、生活のすべてに先の見通しが立たなくなった。

こんな状態が、いったいいつまで続くのか。

なかでも、いちばん気になっているのが、親友の広田繁美《ひろたしげみ》のことだった。

高校時代から仲のいい四人のグループのなかで、誰よりも恵まれた生活を送っていたはずの繁美が、夏頃から、新型コロナの心配も吹き飛ぶような苦境に陥っていたのである。

繁美の夫の広田健介《けんすけ》が、突然、認知症の宣告を受けたのだ。まだバリバリの現役で活躍していたというのに。

認知症の患者を持つ家族には、長い、終わりの見えない闘いの日々が待っていると聞いている。

こんなことになって、あの苦労知らずの繁美が、いったいどんな毎日を送っているだろうと想像すると、居ても立ってもいられない気持ちになった。しかも燿子は、いまだその友のもとに駆けつけて、話を聞いてやることも、励ましてやることもできずにいる。

それにしても、人生というものは何が起きるかわからない。

繁美の夫の健介は、同じ年頃の同僚たちが定年を迎える歳になっても、一部上場企業の役員として、第一線で活躍するエリートだった。繁美も、そんな夫と結婚して五十年、何ひとつ不自由のない、幸せな主婦だったのだ。

認知症の症状は人によってさまざまで、もうひとりの友達、独身の武田美希子《たけだみきこ》と長く不倫関係にあった青柳《あおやぎ》先生は、同じ病気になっても症状の進行が緩やかで、認知症につきものと言われる徘徊も、暴力の兆候もまったく出ていない。美希子の献身的な在宅介護でいまも穏やかに暮らしているという。

その違いは何ゆえなのか。

あの、誰の目から見ても品のいい紳士だった繁美の夫が、大きな人格の変化を見せ始めたという話は、聞くだに悲惨で、胸が痛むものだった。

「のべつ幕なし嫌らしい言葉を吐きながら、私に迫ってくるの。もちろん性的によ。それを拒否しようものなら、台所の包丁を持ち出して、『殺してやる!』と叫んで追いかけてくるの。私、あの人に殺されるかもしれない……」

電話の向こうで、泣きながら訴える繁美の言葉が、燿子には信じられなかった。

「広田夫妻くらい仲のいい夫婦はいない」と誰もが羨《うらや》むカップルが、たとえ病気の仕業とはいえ、こんな試練のときを迎えるなんて……。

燿子たちのように親しい友達には、

「セックスなんて、もう長いことしてないわ」

と、言って憚《はばか》らなかった繁美である。

それでもこの間、夫の健介が浮気をしたという話も、外に愛人をつくったという話も、一度として聞いたことがない。

しかも繁美は、

「ウチの健介はお蔭さまで、仕事欲に比べて性欲が薄いようなの。だから私も楽だし、浮気の心配もないから、安心」

と、言い切っていたのである。

性に淡泊なのが夫婦円満のいちばんの理由であり、秘訣なのだと。

突然の、降って湧いたような試練に、繁美はいったいどんな気持ちで耐えているのだろう。三人の子どもたちが、母親を守ってくれていると聞いてはいるが……。

燿子はバスタブに浸《つ》かりながら、繁美が直面している日々を思い、こうして仕事もなくなって暇にしている自分に、何もサポートしてやる術《すべ》がないのが、歯がゆくてならないのだった。


セックスといえば、気がつけば燿子自身も、異性と肌を重ねる機会が皆無になっている。

あれは燿子がちょうど七十歳のとき。ゆきずりのように出会った十五歳も年下の、沢渡蓮《さわたりれん》という男と恋に落ちた。

歳とともに仕事の依頼が途絶えはじめ、それまで味わったことのなかった不安な日々のなかで、SNSで接近してきたその男と、わずか一年足らずの短い恋愛に溺れたのだった。

今にして思えばその恋は、意識下で長いこと求めていた女性としての「解放」を果たすために、燿子が自ら謀《はか》って成立した関係だった、と言えるかもしれない。

この出会いを逃したら、二度と女として生きるチャンスがなくなってしまう、と直感的に判断して、遠い札幌に住むその男を、彼女は自ら選んで引き寄せたような気もしている。

その男、沢渡蓮は燿子が長いこと「不得意科目」と思い込んでいた性的なことがらを、何の苦もなく、一気に「解放」に導いてくれた男だった。

彼女は、蓮とつきあっているあいだ、彼の素性や、どんな人生を送ってきたかなどを、ほとんど何も尋ねなかった。二人は、ただ男と女として「睦《むつ》み合う」目的のためだけに、逢瀬を重ねたのだった。

そしてその恋は、出会いからわずか一年後、恋人の不慮の事故死という、劇的な形で幕を閉じた。

燿子にとっては、まさに夢のなかの出来事のような、はかない体験だった。

遅まきながら開花した「女」が、強引にもぎ取られるようにして、終わりを告げたあの日から、早くも四年に近いときが過ぎていた。

燿子ははじめのうち、恋人の死という衝撃的な事実が受け入れられず、深い喪失感に苦しんでいた。

が、彼の死を知ったとき、スマホやパソコンのなかの写真やメールの一切を消してしまったからか、それとも日にち薬《ひぐすり》のおかげか、その恋はあっという間に淡い思い出となり、もう沢渡蓮という男の顔さえ、定かには思い出せなくなっている。

以来、もう女としてやり残したことはないと得心して、いまではひとり暮らしのバスルームで、こうしてときどき強いシャワーの湯でクリトリスに刺激を与えて、つかの間のよろこびを味わえば、頭がすっきりし、身体も軽くなって、心身の健康を確認することができるのだった。

いま、七十五歳になった彼女は、鏡に映る自分の肉体がすっかり萎《しぼ》んでしまったことに、一抹の寂しさを覚えても、それを自然なことと受け止めている。

もう、男との出会いや恋といった面倒なことは、自分に必要とは思えない。日々の孤独を、寂しいとも思わない。

こうした気ままなひとり暮らしのなかで、時折のマスターベーションにひたれば、それで十分なのだった。

それにしても、と燿子は考える。

どうしてこの世は、女性の自慰行為が、これほどタブー視されているのだろう。

自分も若い頃はずっと、世間の常識や、刷り込まれた禁忌の意識に縛られていた。

性にまつわることが、恥ずかしいことでも卑《いや》しむべきことでもなく、ときには美しいものだと知ったのは、かなり大人になってからのことだ。

少なくとも結婚をしていた頃は、そんなことについて深く考えることもしなかった。

人間という生きものは、新しい命を生み出しつなぐ生殖の期間が終わったからといって、性的な欲望や機能までも衰え、消えてしまうわけではない。

胸ときめく誰かと出会い、肌と肌を重ね合わせて、肉体と精神のよろこびをともにする行為が〈罪〉ではないと思えるようになったのは、四十歳を目前に離婚して、人生のことがらを自分で考え、自分自身の判断で行動できるようになってからだ。

特に、脚本家になって、〈人間の不可思議さ〉に思いを馳せながら、ものを書くようになってからは、むしろ実際の仕事では何の役にも立たないことにこそ、興味や面白さをおぼえるようになった。

これといった病気もないことに感謝しながら、老いてもなお肉体と精神の両方ともに、みずみずしく生きているのを感じている。

そう。人は老いても、セックスをする相手がいなくなっても、性欲までもきれいさっぱり、なくなってしまうわけではない。

そのことに後ろめたさや罪悪感を抱くのか、それともひそかな自慰行為をしながら、生きているよろこびを確かめるのか。

それこそまさに、それぞれの〈自由の領域〉ではないか、と燿子は思うのである。誰かに傷つけられたり、相手に合わせなくてはならないセックスと違って、ひとりの行為で味わうつかの間の幸福感が、老いてますます大切なものになってきた。

あと何年残されているかわからない死のときまで、さらに〈自律的な自由〉を手に入れるために、マスターベーションもまた、日々の大事な行為のひとつになっている。

それをいったい、誰に対して〈罪悪〉と思う必要があるだろう。ましてや〈年齢〉という社会通念によって、自分に制限をかけたり、縛ったりするなんて。

燿子は、ゆっくり一時間近くをかけた朝風呂を終えると、バスローブに身を包み、リビングルームに戻って、スマホを確認した。

と、大学時代からの友達の新田皓次《にったこうじ》から、久しぶりのラインが届いていた。

――新田です。元気ですか？　伝えたいことがあります。よき時に電話ください。

ちょっと伝えたいことがある。

最近は、スマホに届いたメッセージのなかにそんな言葉を目にするたび、胸騒ぎに襲われる。それが条件反射のようになっている。

燿子のような高齢者にとっては、このコロナ禍も、これまでの越し方を振り返ったり、昨日までの人生の価値観を再点検する時間、と思えなくもなかったが、〈隔離〉という言葉には、平常心でやり過ごせないものがあった。

この間、何度、大切な人の訃報を受け取ってきたことだろう。

そういう年頃のせいもあるけれど、誰とのあいだにせよ、会えないまま、通夜も葬儀もなしに永遠の別離をさせられるのは辛かった。

今度は誰なのよ。

近頃の燿子は、怖いほどに直感がよく当たるのだ。

募る不安を振り払いながら、電話番号をスクロールして、新田皓次の名を繰った。

呼び出し音が二回鳴り、繋がった電話の向こうで、

「あ、唐沢？　しばらく。元気？」

皓次のくぐもった声がした。

いつになく力のない口調に、燿子は、予感が当たった、と覚悟する。

「なんとか。そちらは？」

「こっちも、なんとか、やっているよ」

言うと、電話の向こうは、またも無音になった。

「……どうしたの？」

燿子の気がはやる。

しばらくの間があって、やがて、

「直哉《なおや》が、死にました」

絞り出すような声が聞こえた。改まった口調になっている。

「……嘘！」

「お姉さんから、電話があったんだ。八月三日だったって」

燿子は、思わず壁のカレンダーを見る。

今日はもう九月十七日だ。

ひと月半も前に、直哉が死んでいた？　私は、それを知らなかった？

それほど重大なことが、自分に届かないのはまだしも、誰よりも親しかった皓次までもが知らなかったなんて、そんな理不尽なことがあるだろうか。

じっさい、燿子が覚悟していたリストのなかに、下條《しもじょう》直哉の名はなかった。

大学時代のクラスメイトのなかで、誰よりも若々しく、病気などとは無縁に見えたあの直哉が、もうこの世にいないなんて。二度と会うことができないなんて。

「病気だったの？　あなた、知っていたの？」

たたみかける燿子に、皓次が言いにくそうに答えた。

「ごめん。肺にがんが見つかったから、ちょっと検査入院してくると言っていたんだよ。七月の中頃の電話だったと思う。退院したら会おうって」

「……。信じられない……」

「まさか、こんなに呆気ないとはね」


世の中が、コロナ禍に襲われて以来、いちばん大きく変わったのが人の〈死〉の扱われ方であり、死者を送る者たちの〈グリーフワーク〉だった。

家族にせよ、友達にせよ、近しい誰かが入院したら、たとえウイルス感染者でなくても、面会が禁じられてしまう。

患者本人は、誰にも会えないまま、いよいよ死のときを迎えると、家族にも親しい友にも看取られることなく、ひとり孤独のなかで死んでいくしかないのだった。

コロナ禍が始まった直後は、ウイルスに感染した者が臨終を告げられると、〈遺体〉という名の物体となって、直ちに袋に詰められ、葬儀もないまま火葬場に送られ、燃やされてしまうこともあった。

そして家族は、骨壺のなかの遺灰を見るだけで、愛する人の死を否応なく受け入れさせられる。そんなことがすっかり当たり前になっていた。

新しいしきたりの影響は、感染の有無にかかわらず、多くの人びとに及んでいた。

燿子は、大学時代からあれだけ長い時間をともに過ごした直哉が、がんを患っていたことさえ知らなかった。そのことがショックだった。

そして彼女にとって、友を病院に見舞うことは、本人のためというよりも、自分のために必要な行為だったのだ。

葬儀に列席して、棺のなかの冷たくなった友の顔を見ながら、花を捧げることや、去りゆく霊柩車《れいきゅうしゃ》に向かって手を合わせること、あるいは火葬場で家族とともに亡き人の骨を拾うこと。

人は誰でも、そうした別れの儀式に立ち会いながら、愛する者の〈死〉という現実を受け止めていくものと思っていた。

その、誰にとってもかけがえのないグリーフワークの時間が、得体の知れないウイルスによって奪われてしまったのだ。一方的に。なんの前触れもなく。

それでどうやって、直哉の死を認めろというのか。

その日、燿子は、夕方の散歩の帰りに商店街を歩いていて、花屋の店先にガーベラの花を見つけた。

それを二輪買ってきて、備前焼《びぜんやき》の一輪挿しに活ける。

押し入れの奥に積んであったアルバムから直哉の写真を取り出して、写真立てに入れ、サイドボードに置くと、ささやかな仏壇ができ上がった。

直哉たちと湯河原《ゆがわら》の温泉に一泊で行ったのは、四十代の中頃だったろうか。

写真のなかの笑顔に手を合わせ、ひとり静かにお別れをしているうちに、大学時代の日々が、走馬灯のように思い出された。


燿子と新田皓次と下條直哉とは、六〇年代の半ばに、大学の文学部国文科に入学したときからのクラスメイトで、彼らとはすでに半世紀以上もの長きにわたって、「仲のいい友達」と呼び合う関係が続いていた。

燿子は、大学に入学して間もない頃、偶然のように出会った『第二の性』に衝撃を受け、以来、専攻の国文学そっちのけでシモーヌ・ド・ボーヴォワールに心酔していた時期があった。

「自分も大人になったら、出会った男と、ボーヴォワールとサルトルのような関係になりたい」などと夢想する少女だったのだ。

あの頃はまだ、女子の大学進学率が一割にも満たない時代で、国文科には五十人のクラスに十二人の女子学生がいたが、燿子は、同級生の女子たちになかなか馴染むことができなかった。

下町の平凡な家庭で育った彼女は、いかにも山手《やまのて》のお嬢さん然としてプライドの高

い級友たちが、

「せっかくボーイフレンドを見つけにきたのに、どうしてこんなに、ダサい子ばかりなの？」

などとシニカルに言っているのを聞くにつけ、仲良くなれる気がしなかったのだ。

それで、クラスメイトのなかでも、なぜか気の合う新田皓次と下條直哉、二人の男友達とともに過ごす時間が自然に多くなっていった。

死んだ直哉は、日本橋人形町《にんぎょうちょう》の老舗の仕出し屋『下條』のひとり息子で、学生運動が盛んだったあの時代に、「ノンポリ」の代表格のような学生だった。

当時の燿子は、自分がどうして国文科を選んだのかがわからない以上に、「ビートルズ」に夢中な直哉が、なぜあの学科を専攻したのかがわからなかった。

その謎について学生時代に聞きそびれたまま、いつか、いつかと思ううち、とうとう彼との〈永遠の別離〉を迎えることになってしまうとは……。

燿子はいま、思いがけない訃報に接して、ひとり置いてきぼりをくらったような寂しさに襲われているのだった。

あれは大学二年生になって間もない頃のこと、彼女の身に思いがけない異変が起きた。

東京の下町で父親が経営していた冶金《やきん》の町工場が、不渡りを摑まされて、倒産してしまったのである。

家族は住んでいた家を失い、親戚を頼って、台東区谷中《やなか》の狭い借家に一家五人で移り住み、母親の頼子《よりこ》が京橋《きょうばし》の小料理屋に働きに出ることになった。

「親に学費を払って貰えなくなったので、大学も辞めることになると思う」

ある日の授業の後、燿子は皓次と直哉を喫茶店に誘って、事情を打ち明けた。

あのとき、打ちひしがれている彼女を見かねて、皓次が、

「お前のところでバイトさせてもらえないかな。親父に相談してみてよ」

と、気休めのように、直哉に言ってくれたのだ。

そしてとんとん拍子に燿子のアルバイトが決まって、毎日の授業が終わると『下條』の厨房に通いつめる、忙しい毎日が始まった。

大学紛争の嵐が吹き荒れ、授業がしばしば休講になるなか、燿子はくる日もくる日も、ジャガイモや人参の皮剝《かわむ》きをしながら授業料を稼いで、なんとか皆と一緒に卒業することができたのである。

冬になると、しもやけやアカギレになった手にメンソレータムを塗っていた、あの貧しかった日々を、彼女はいまでもときどき、懐かしく思い出す。

当時、直哉の母親はもう他界していて、『下條』の店は父親と姉が切り盛りしてい

た。が、ひとり息子の直哉は店の仕事を手伝うこともなく、たまに燿子のもとにやってきて、

「おい、真面目に働いているか？　サボって俺に恥をかかせるなよな」

などと憎まれ口を叩いては、放蕩《ほうとう》息子を気取って、近所の老舗のぼんぼんたちと遊びまわっているのだった。

そして彼は、気まぐれに、使用人たちが働く厨房の入り口近くに椅子を運んで陣取り、ギターを弾きながら、ビートルズの曲を片っ端から歌って聞かせた。

燿子は、いまも耳を澄ませば、『オール・マイ・ラヴィング』や『シー・ラヴズ・ユー』、『エリナー・リグビー』などを歌う、直哉のハスキーな声が聞こえるような気がする。

それにしても、男ふたりと女ひとり。新左翼の「シンパ」と呼ばれた皓次と、根っからの「ノンポリ」だった直哉と、アルバイトに明け暮れた燿子という、境遇も考え方もまるで違う三人が、なぜあのように仲のいい友達でい続けることができたのか。

その理由を燿子は、二人の男子学生とのあいだで、ずっと変わらず等距離の正三角形を保ち続けてきたからだ、と考えていた。

もし、若さゆえの危うさで、皓次と直哉のどちらかに「サルトル」を求めるようなときがあったとしたら、その正三角形は、あっという間に崩れてしまっていただろう。

言ってみれば三人は、理性で、意思的に、〈恋愛〉よりも〈友情〉を選んでいたのだった。そして大学を卒業した後、五十年にもわたって、ずっとその正三角形を選び、守り続けてきたのである。

なぜか？　と聞かれれば、

「それが東京の人間、江戸っ子なのよ」

と、燿子は答えていただろう。

あの時代、社会を席巻していた学生運動や、熱くどろどろした恋愛に突っ込んで行ったのは、どちらかといえば地方出身の学生たちだった。

東京の人間は、家族と一緒に暮らしていたから？　いや、それよりも、「突っ込まない美学」のようなものが、江戸っ子の三人にはあったような気がする。

そして誰よりも、何ごとにも突っ込んでいかない人間が、下條直哉なのだった。

三人は、大学生らしい勉強もしないまま卒業のときを迎えると、燿子は出版社に、皓次は新聞社に就職し、直哉は家業の『下條』を継ぐため、人形町に戻った。

その後、皓次は新聞記者の仕事に打ち込む傍ら、二十代の半ばで結婚して親になり、社会人としても模範的に生きてきた。

燿子は、結婚、出産、離婚という女の経験をひと通り経てのち、テレビドラマの脚本家として、仕事に生きる人生を見つけた。

その間、直哉だけは、誰かとともに生きる道を選ばず、生涯を独身で通した。

また三人は、それぞれがそのときどき経験していた人生の変転を、女同士の友達のように語り合うことはなかった。

自分がいま何を悩み、何に苦しんでいるのか、聞いてもらいたいときは話すが、話したくないことは話さない。聞かない。誰が提案したわけでも、願い出たわけでもなかったが、そんな暗黙のルールがあったのだ。

それぞれが違った人生を選び、それぞれに社会を生きていくための闘いをしながら、三人で過ごす気の置けない時間は貴重だった。

不思議なことに、直哉と友達になってから半世紀、燿子は、彼がどんな恋をしたのかや、どんな理由で結婚をしなかったのかなどを、何ひとつ聞いたことがない。

三人ともに、「互いの人生に踏み込まない」というルールを無理なく守ってきたからこそ、友情が続いたのかもしれず、いま、かけがえのない友を喪ったことに、燿子は身を切られるほどの寂しさを味わっている。


「直哉を偲《しの》ぶ会をしないか？　久しぶりに人形町を歩きたい」

半月ほどが過ぎたある日、皓次から電話があって、燿子は緊急事態宣言が明けるのを待って、人形町に出かけた。

待ち合わせの時間より少し早く着いたので、昔、娘の紗江を身籠《みごも》ったとき安産祈願に行った、水天宮《すいてんぐう》に寄ってみる。二階にある境内に向かって階段を上がってみると、社《やしろ》はすっかり新しく建て替えられていた。

あれから約四十五年の歳月が過ぎ、社の前で手を合わせる彼女は、何を祈っていいのかわからず、ただ直哉の面影を浮かべて、彼の冥福《めいふく》を祈るしかない。

水天宮でのお参りを済ませると、予約しておいた箱崎《はこざき》のロイヤルパークホテルにある和食レストランに向かった。

皓次と二人で、日本酒を注ぎ合い、

「献杯」

と盃を上げ、天国の直哉に捧げた。

「とうとう、二人になっちゃったな」

「ほんとね。誰が先に死ぬんだろうと、よく言い合っていたけど。順番が違うわ」

「いちばん長生きするのは唐沢だとは、皆の意見が一致していたな」

「いまはもう、人生百年の時代よ。七十五なんて、あまりにも早過ぎる」

「それにしても、なんとも寂しい一生だったな」

皓次は、直哉が一度も家庭を持たなかったので、「寂しい一生」と言ったのだろう。が、燿子は、そうだろうか？　と思うのだ。

学生時代の直哉は、いつも男性ファッション誌『メンズクラブ』のグラビアから抜け出たようなファッションできめて、人目を引く男だった。大学を出てからも、つねに裕福そうで、誰の目から見ても、男として何不自由ない生活を送っていると思われていた。

ところが、彼の人生にはなぜか一度も「女性の影」が見えなかった。それでも燿子は、生涯を独身で通した直哉のことを、一度として気の毒だと思ったことはない。

クラスメイトの誰かが恋愛問題を抱えているとき、彼はいつも聞き役に徹して、誰のどんな相談事にも、真摯《しんし》なアドバイスをしてやっていた。

それでいて、他人の心のうちに土足で踏み込んでくるような人間ではなかった。

燿子の書いたドラマがオンエアになると、必ず見てくれていたようで、たまに会ったときなど、

「この前のドラマ、見たよ。面白かった」

と声をかけてくれる、心遣いを惜しまない男でもあった。

燿子はそんな直哉を、都会育ちらしい「粋《いき》な自由人」と思い、深い信頼を寄せていたのである。

食事をしながら思い出を語り合って、二人店を出ると、直哉の面影を求めながら、甘酒横丁や大観音寺の辺りを、ゆっくりと歩いた。

『下條』の前に行くと、店には灰色のシャッターが下ろされ、貼られた白い紙に無機質なワープロ文字で「都合により、当分の間休業させて頂きます」とだけ記されている。

江戸時代から続いた老舗『下條』の、直哉は六代目と聞いていた。

突然、主をうしなって、この店が再び開くことはあるのだろうか。

「このご時世だからな。サラリーマンと結婚したお姉さんも、もうあの歳だ。廃業しかないいんだろうな」

と、皓次が呟く。

燿子は、この店の奥で働いていた日々を思い出し、

「私、このお店のおかげで、卒業できたのよ」

と言うと、思わず涙がこみ上げた。

直哉がいなくなっただけで、人形町界隈《かいわい》の何もかもが死んでしまった、と燿子には思われる。

実際は、コロナ禍のせいなのだろうが、かつてあれだけ賑《にぎ》やかだった人形町は、どこを歩いても閑散としていた。

二人は、やりきれない気持ちで、かつて直哉と過ごした喫茶店に入ると、今日は特別に苦い味のするコーヒーを飲んだ。

「あなたは、最近どうしているの？」

燿子の投げた質問に、皓次が、ぽつりぽつりと語り出した。

意外だった。

誰よりもバランス感覚がよく、いつも順風満帆の人生を歩んでいると思えた彼もまた、老いのときを迎えて、人生最大と言える困難に直面していたのだ。

「俺は、仕事の忙しさにかまけて、家庭を顧《かえり》みない夫だったからな。家の中のことも、子育ても、ずっと彼女に任せきりだった」

皓次は言うと、しばらくのあいだ黙り込んだ後、

「罰《ばち》が当たった」

と、ぽつりと言った。

定年になったら、長年放っておいた妻への罪滅ぼしのつもりで、あちこち旅行して歩きたいという夢を、漠然とながら持っていたという。

だのに皓次の妻は、夫が定年を迎えるのを待っていたかのように、うつ病になってしまった。

妻の看護ばかりか、結婚以来ずっと同居している義理の母の介護という、ダブルの課題を突きつけられて、定年後の夢は、あっけなく潰《つい》え、最近は滅多に家から出られない毎日なのだという。

　七十代の半ばになって、かつての級友のひとりが病に斃《たお》れ、残された健康な友は、家族の看護と介護の両立に苦しんでいる。

　若い頃、自分たちの老後には悠々自適の穏やかな日々が待っていると思っていたが、現実はそんな甘いものではなかったようだ。

「無理をして、皓次が病気にならないでね。お願いだから」

「大丈夫だよ。そこだけで生きているわけじゃないから。少しでも自分の時間をつくるようにしているし、最近、新しい楽しみも見つけてね」

「新しい楽しみ？　何なの、それは？」

　尋ねる燿子に、皓次が、目を輝かせて答えた。

「燿子は、仙崎理一郎《せんざきりいちろう》という哲学者を知らないかな。その先生の市民講座が今月からやっと再開になるというので、久しぶりに行くのを楽しみにしているんだ。学生時代はまともな勉強をしなかったからね。あの頃やり残していた宿題を、いまになってしているよ」

「何なの？　やり残した宿題って」

「仙崎先生が大学の教授だった頃は、フランスの現代哲学が専門だったんだけどね。最近は、日本の近代を哲学的に批判する仕事で、沢山の著書が出ている」

「フランスの現代哲学？　なんだか難しそう」

「最初はね、僕にも難しかった。でも、先生の講義を受けていると、知らなかったことばかりで、自分がいかに勉強というものをしてこなかったかに、気づかされているよ」

やり残していた宿題。

そういえば、自分も皓次と似たようなものだった、と燿子は思う。

いや、皓次よりもはるかにいい加減に、勉強にも学生運動にも、いっとき首を突っ込んだだけで、じきに嫌気がさしてしまったことを思い出す。

学生時代は、ひっきりなしにあったロックアウトや、機動隊の突入といった外的な状況や、忙しいアルバイトを大義名分にして、学ぶことからも、深く考えることからも逃げていた。

卒業した後は出版社に事務職として就職し、先輩の編集者と、早々と結婚してしまった。そして出産を機に専業主婦になったものの、良妻賢母の夢破れて離婚した後は、ずっと食べていくための仕事に追われ、学問などとは無縁なまま、今日まで来てしまった。

これまでの人生で一度もしたことのない〈座学〉というものを、いまなら私もできるのではないか。

皓次の話には、そんな気持ちにさせられる魅力があった。

「その仙崎理一郎という先生の本を、読んでみたい。それで興味が湧いたら、私もその市民講座を受けられるかしら」

「もちろんだよ。学歴とか知的レベルに関係なく、誰にでも門戸を開いた講座だからね。仙崎先生はもう二十年近く、その講座をずっと一人で運営してきたし、八十代の半ばになったいまも、続けていらっしゃるんだ。もし興味があるなら、唐沢も受けてみるといいよ」

皓次はそう言って、仙崎理一郎の著書をいくつか勧めてくれた。そして、

「仙崎先生の奥さんは、ほら、仙崎永子《えいこ》という有名な評論家だったんだ。彼女なら唐沢も知っているだろ？」

と聞いて、燿子の心がまた動いた。

女性評論家の仙崎永子が数年前にこの世を去ったという報道は、薄々ながら覚えている。

あの仙崎永子の夫だった人とは、いったいどんな男性だろう、と興味が湧いた。

仙崎先生は、その奥さんを亡くして寂しい生活を送っているせいか、ときどき皓次も家に招《よ》ばれて、おしゃべりの相手を仰せつかるという。

それを誇らしく思っていると、皓次は言った。

「君にも先生を紹介したいな。きっと、いっぺんでファンになると思う」

燿子は、仙崎教授の著書を読む前から、自分もその先生に会ってみたい、と思っていた。

会ってみたい、という気持ちになったのに、なにか合理的な理由があったわけではない。

それはいわば〈直感〉と言うべきものだった。

「ありがとう。なんとなく元気になってきた。ぜひその先生の本を読んでみる」

「そうするといいよ」

最後はそう言い合って、喫茶店を出ると、地下鉄の人形町駅に向かった。

「せっかく都心に出たから、上野で展覧会を見て帰るわ」

と言って改札口で別れ、ホームに行くと、上りと下り、ふたつの線路を挟んで、反対側のホームのベンチに皓次が座っていた。

家族の看護と介護をひとりで背負っているせいだろうか、急に老け込んでしまったように見える。

長いつきあいのなかで、皓次と恋愛関係になったことはないが、自分が彼の妻になる可能性はあった。しかし、なぜかそうはならなかった。

〈信頼〉という点では、皓次ほどわかり合えている人はいない、と思うのに。

「元気でいてね。皓次は死なないでね。死んでは駄目よ」

心で言ううち、堪《こら》えていたものが一気に溢《あふ》れ、頬を伝った。

2

燿子はこのところ、先日皓次の話していた、仙崎理一郎の著書を読んで過ごす日が続いている。

彼女はこれまで、読む本も、文学や芸術、そしてジャーナリズム周辺と限られていたし、自分の人生や仕事に関係のないものは、学ぶ必要がないとか、時間的な余裕がないなどの理由で軽んじてきた。

ところが、それが年齢ゆえなのか、それともコロナ禍でひとりこもる時間が多くなったせいなのか、理由は定かではないものの、自分の能力を超えてものを考えることに、餓えている気がしていた。

そんな時期の、哲学を学ぶという誘いが燿子には天からの啓示のようにも思われた。

そして早速、都内の大型書店をはしごして手に入れてきた仙崎の本を読むうち、「知」に触れる作業が次第に楽しくなってきた。

最初は学術論文のように難解に思えた本が、何度も頁《ページ》の行きつ戻りつ、を重ねるうち、どんどん頭に入ってくるようになってきたのである。

そして彼の著書のなかでも特に興味をもったのが、ミシェル・フーコーというフランスの哲学者だった。

フーコーの書いたものも、それに強い影響を受けた仙崎の文章も、哲学を学んだことのない燿子にはとても難解なもので、理解するには相当時間がかかると思えたが、なぜかミシェル・フーコーの人生については、強く魅《ひ》かれるものがあった。

その人は同性愛者であり、五十七歳という若さでエイズが原因で亡くなったという。エイズでこの世を去った人といえば、燿子は若い頃に夢中になったひとりのバレエ・ダンサーを思い出さずにいられない。

その、ロシアにルーツをもつアルゼンチンの男が、公演で来日するたび、彼のバレエを見たさに、日本中の劇場をはしごして歩いたものだった。

そしてそのダンサー、ジョルジュ・ドンもフーコーの死から八年後、四十五歳のときにエイズでこの世を去っていた。

そんな自身の思い出とも重なって、ミシェル・フーコーという哲学者に特別な興味をもったのかもしれない。

奇《く》しくも、直哉の死によって、大学時代の喧騒の日々に引き戻された燿子は、フーコーにまつわる書物を読んでいて、一九六八年のパリで起きた「五月革命」を思い出していた。

あの日、大学改革を求める若者たちの闘争の波は、あっという間に世界中にひろがって、燿子たちが学んでいた大学にまで及んだのだった。

そのときの興奮と高揚はよく覚えているし、時代の空気を支配していた「反権力」の思いは、いまも燿子の身体のなかに残っている。

当時、大学教授になったばかりのフーコーも、論敵と言われた「帝王」サルトルとともに、デモ隊の若者たちに交じって、権力と闘っていたという。

彼は後年、あるイタリアの政治家との対話のなかで、六八年の若者たちの運動との出会いは、あなたの思想に影響したのかと問われて、

「いたるところで、何が問題になっているのか。それを考えてゆくと、結局、日常生活のなかで、さまざまな諸制度のなかで規則や拘束を通じて、人々に影響を及ぼしている『権力』の問題にぶちあたったのです。

単に、国家権力というのではなく、さまざまな諸制度のなかで行使されている権力が問題なのです。つまりは、マス・メディアのように、日常生活のなかで、直接的、間接的に影響を及ぼしている『権力』こそが、問題なのです」

と答えたという。

ならば同じ頃、東大の助手となって、大学側の立場にいたという仙崎理一郎は、いったいどんな体験を持っていたのだろう。

燿子は、フーコーとほぼ同時代を生きた日本の哲学者の講義を聞いてみたい、聞かねばならない、と思うのだった。


新型コロナの感染者数も、ようやく収まってきた、秋の土曜日。

燿子は、仙崎理一郎の市民講座が始まる午後一時の三十分ほど前に、ネットで案内のあった、F大学の104号教室のある建物に着いた。

はじめて行く所には、いつも指定の時間より早めに着くことにしている。長い職業生活のなかで身につけた、当たり前の習慣だった。

きっとまだ誰も来てないだろうと思いながら、校舎に入っていくと、エレベーター前の空間にテーブルと椅子がランダムに置いてあり、何人もの男たちが座っていた。いずれも自分と似たり寄ったりの高齢者だ。

一様にグレーや茶色のコート姿の男たちが、むっつりと押し黙ったまま、開始時間を待っている。

燿子は、思わず吹き出しそうになった。またいつもの日本的な光景に出くわした気がして。

昼どきの洒落《しゃれ》たレストランに行けば、豪華な料理に舌鼓を打っているのは、よそ行きのファッションに身を包んだ女性ばかりだった。

いっぽう、年老いた哲学者の市民講座に集まってくるのは、いかにも社交下手な高齢の男たちと決まっているようだ。

日本の妻たちは、年金生活者になった後もお洒落をして、優雅な社交に勤《いそ》しんでいる。ところが定年を迎えてこのかた、家からしめ出された男たちは、こんな風に金のかからない集いの場を見つけては、遠い時代を懐かしむように、勉強に励んでいる。

高齢になればなるほど、男女の棲み分けがはっきりしていく。それが日本らしい老後の過ごし方なのかもしれない、と燿子は思わずにいられない。

まだ来ていないのか、皓次の姿は見当たらず、代わりに受講者たちよりもさらに歳上と思える、窓際の老人の姿に目が止まった。

窓からの西陽を受けて、輝く銀髪をかき上げながら、誰かと熱心に話し込んでいる。きっとあの人が、仙崎理一郎教授なのだろう。

こげ茶のタートルネックのセーターにベージュのジャケットというでたちは、皓次から聞いていた「妻に先立たれた孤独な高齢者」と思えぬほど矍鑠《かくしゃく》として、八十六歳という年齢よりはるかに若々しい印象だ。

燿子は、一団から少し離れた壁際に椅子を見つけると、文庫本を読みながら開始時間が来るのを待った。

と、突然、賑やかな若者たちの声がして、大勢の学生が104号室から出てきた。

その光景に、ここが大学だったことをあらためて思い出す。

いかにもギャル風な三人組の女子学生が、なにか胡散臭《うさん》いものでも見るようにこちらに視線を投げ、耳打ちし合いながら校舎を出ていった。

待っていた男たちは、学生たちの差別的な視線に気づく様子もなく、入れ違いに教室に入っていく。

燿子も本を閉じてバッグに戻すと、彼らの後に続いた。

入り口近くで、受付係の男に千円の会費を払い、白い紙に名前と連絡先を記入すると、数枚のテキストのコピーを渡された。

後方に空いている席を見つけて座り、テキストを読み始めようとしたとき、自分よりも少し若い感じの女性が二人駆け込んできた。その姿になぜかホッとして、隣の席に着いた一人と、目で挨拶を交わした。

講座が始まっても、皓次はとうとう現れないままだった。うつ病の妻と義母の介護で、急に出かけることができなくなったのか。

ネットの告知によると、その日の講義内容は「ミシェル・フーコー『知と権力の関係』」と題されていた。

燿子が書物のなかに見た哲学者フーコーは、スキンヘッドに銀縁メガネの、鋭利で俊敏な、豹《ひょう》のようなイメージの男だった。

五十代の半ばでこの世を去った彼の、写真で見る風貌は、いずれも若々しい。

ところが、いま白板の前で講義を始めようとする人は、件《くだん》の哲学者よりも十年近く後に生まれながら、すでに八十代半ばを迎えた、銀髪の老教授だ。

生きていたら九十五歳を迎えているはずのフーコーは、いまの世界について何を語るのだろうか。

講義が始まると、仙崎教授は受講者を前に、まず自分自身と哲学との関わりについて語り始めた。

「戦後の混乱期がなお続いている、五〇年代のはじめに大学に入った私は、ご多分にもれぬ文学青年であり、政治青年でした。

大学で最初に選んだ専攻が、フランス文学だったのです。しかし学生時代の私は、問題に対する関心は明確にあるものの、問題を展開させ、解明していく方法も、言語も、自分にはないと気づくことになりました。

そして卒業から数年を経て、自分には哲学を学び直すことが必要だと考え、哲学科に再入学したのです。

ところが、そこでわかったのは〈哲学する〉ということは、大学の哲学科では学べないということでした。哲学科で学ぶのは、哲学的に考えるための方法であり、知識であり、何より哲学的テクストの読み方でしかありません。

習得したものを練り直しながら、哲学的に思考するかしないかは、真に〈己《おの》れの問題〉であると、私は哲学科に入ってあらためて自覚したのでした。

自分の内に哲学への強い要請があるとき、はじめて大学で学んだことが意味を持ってくるのです」

そんな言葉で哲学を学ぶ意味について説明した後、仙崎は意外にも、自身の子ども時代の戦争の思い出を語り始めた。

「昭和十六年十二月八日の、対米英開戦を知らせるラジオ放送の高ぶった声を、私は今でも鮮明に耳の底に残しています。

あのとき、開戦の報に日本中が感激で沸き立っていた様子は、まだ小学校に上がったばかりの子どもだった私の心にも、衝撃的な興奮をもたらしました。

そして、私が四年生になろうとする昭和十九年の春、いよいよ私の住んでいた北区赤羽《あかばね》一帯の上空にもB29が飛び交うようになって、私たち子どもは親元を離れて、栃木県の山奥の村に疎開することになりました」

燿子は、自分がこれから学ぼうとする哲学の話が、よほど難しいものに違いないと覚悟して臨んだ講座の講師が、その導入部に自らの戦時体験を選んだことに、訝《いぶか》しさをおぼえていた。

「疎開先の小学校で、私たちは『縄《なわ》ない』の実習をさせられましたが、都市部で育った私は、藁《わら》を手にしたこともなければ、もちろん縄をなったこともなかった。

途方に暮れた私は、周囲の生徒たちが縄をなう様を一生懸命真似て、どうにか十センチほどのものをこしらえ、それを担任教師に見せに行ったのです。

教師はそのとき、ひと言も発することなく、私の作った縄様のものを、抛《ほう》り捨てたのでした。

教師は、私のような都会育ちの子どもに、自分のひ弱さを思い知らせようとしたのかもしれません。だが、私にはそれが、この村を代表して教師が私に与えた『恨みに満ちた制裁』に思えました。

そしてその仕打ちが、この国の、社会の、『共同体的な制裁』と思われました。この体験は、戦時における『非国民』という共同体的制裁の恐怖と重なって、私の内に重いトラウマを刻みつけたのです」

聞きながら燿子は、仙崎理一郎という教育者の哲学的思考のベースになるものが、子ども時代の〈戦争の記憶〉にあったことを知った。

「私の原体験とは、まさに〈死の恐怖〉の体験にほかなりません」

との述懐に続いて、さらにもうひとつのエピソードが語られた。

「その頃、私はある夢をみたのです。それは、玉砕が求められる場から逃げようとする弟を、叱りつけ、引き戻そうとする夢でした。

以降、何度も何度も、その夢の分析をしては、トラウマのように持ち続けてきたある思いがありました。

ほんとうは、逃げ出したかったのは自分ではないか。その気持ちを弟に転嫁して叱ったりしている自分は、なんという欺瞞《ぎまん》的で卑怯《ひきょう》な子どもであったか……というものです。子どもの頃の私は、ずっとそのようなトラウマに苦しんでいたと思います」

そんな話を、つい昨日の出来事のようにして語る、八十六歳の老教授。

彼の言葉のひとつひとつが、ひとりの人間の「魂の叫び」のように聞こえ、燿子の胸にしみ入ってきた。

「いっぽうで、当時小学生だった私は、特攻隊に志願して地方の連隊にいた長兄に、『お国のために、どうぞ命を捧げてください』というような葉書を書き送っていたのです。

権力は、私たち子どもをそのように教育し、私もそんな常套句《じょうとうく》を兄への葉書に、当たり前のように綴《つづ》る少年だったのです」

教授が思い出を語り終えると、いよいよフーコーの話になった。

「一九三四年、まだ七歳だったミシェル・フーコーは、オーストリアのドルフース首相が、ナチスによって暗殺されたことを知りました。

彼は自伝的な打ち明け話のなかで、『それがわたしにとても強烈な印象を残したのだということを鮮明に思い出すのです。それが死にかんするわたしの最初のまことの激しい恐怖』だったと述べています。また、フーコーが同じく思い出すのは、多くの避難民がスペインからやってきたことでした。

『わたしと同世代の若い男女は、こうした数々の歴史的大事件によって形づくられた自分の幼少時代をもったのだ』として、戦争の脅威があの時代の人びとの枠組そのものであり、家庭生活にもまして、フーコーたちの記憶の実質となっていたと語っています。

フーコーは、打ち明け話の最後を、こう締めくくっています。

『われわれの私生活は実際おびやかされていた。おそらく、それゆえにこそ、わたしは歴史に魅せられ、そしてまた個人的体験と、われわれが取り込まれるこうした出来事とのあいだの関連に魅せられるのです。これがわたしの理論的欲求の出発点だ』と」

燿子はそこまでを聞いてようやく、仙崎教授がフーコーの話の前になぜ自身の少年期の戦争体験を語ったのかを、理解することができた。

ミシェル・フーコーと仙崎理一郎とは、その後の研究と知的活動の原点が、ともに子ども時代の戦争体験にあったのだということが。

燿子は、二時間にわたる講義を受けながら、驚嘆していた。

八十六歳の老教授が、その講義の間じゅう、ずっと立ったまま、張りのある声で熱っぽく語り通した、その姿に。

背後の白板に書く文字の勢いも、講義が進むにつれてエネルギッシュになっていく語りも、すべてが気力に溢れていた。

そのいっぽうで、受講者との質疑応答の時間になると、やはり八十代半ばの人らしく、耳が遠くなっているのか、質問を耳に手をあてて何度も聞き直している。

こうして、年相応の身体的な不自由に見舞われながらも、わずか二十数人の受講者を集めて、小さな市民講座を開き続けているモチベーションは、いったい何処から来ているのだろう。

長年にわたって、彼の社会的な役割だった大学教授の仕事は、かれこれ二十年以上も前に終えている。

その人が、なぜ今でもこのように、一般市民を相手に、ボランティアの講義を続けているのか。

仙崎理一郎という人は、教育者であるあいだ、ずっと、教え子とともに学ぶことを大事にしてきた人なのではないか。もし求めてくれる人がいるならば、このような場で直接語り続けることが、自分の務めだと考えているのではないか。

命つきるまで、自らの生の意味を問い続け、考え続けること。

それがこの老教授のアイデンティティであり、レゾンデートルなのかもしれない。

そこに立ち会い、同じ時間と空間をともにしている自分は、なんと貴重な体験をしているのだろうと、燿子は思った。

もし自分が大学生だったとしたら、そんなことに気づくこともなかったに違いない。

自分も老いたからこそ、仙崎のいまの境地がわかる気がして、彼女は、その日の講義の内容よりも、そんな生き様に立ち会えたのを恩恵のように感じながら、１０４号教室を後にした。


一ヶ月後――。

燿子は、十一月の仙崎教授の市民講座が待ち遠しくてならなかった。

このところ、一日のうちの大半を費やして、教授の本を読んでいる。

彼の書いた本は燿子にとって、いわば「読めば読むほどハマってしまう」不思議な力をもっていたのである。

やっと待ちに待った最終週の土曜日になり、Ｆ大学に行くと、その日もエレベーター前のロビーに男たちが陣取っていた。

仙崎教授の銀髪を見つけると、その隣に、先月は欠席だった新田皓次が座っていた。

燿子が近づいて肩を叩くと、振り返った皓次が、

「あ、紹介するよ」

と、慌てたように立ち上がり、

「先生、この方が前にお話しした、唐沢燿子さんです」

と燿子の背中を押し出した。

「初めまして。唐沢燿子と申します」

「そうですか。あなたが唐沢さん。仙崎です。よく来てくれましたね」

仙崎も立ち上がりながら、満面の笑顔で応えてくれている。

「あの、先月もお話を伺いました。でも、新田さんが欠席だったから、ご挨拶もしないまま、帰ってしまって」

「そうだったの？　先月も来てくれたんですか？　それはありがとう。さ、行きましょう」

教授に促され、教室に向かった。

二度目の講義は、燿子には、先月よりも更に難しいものだった。

「誰かの〈言説〉は、社会に向かって投げ出されたものです。それを書いた作者当人が『どんな人間であったか？』よりも、その作者が『何を言ったのか？』という、その言説の意味を考えること、またその言説が『社会のなかでどんな波紋を呼んだのか？』を考えることが、フーコーたち新しい哲学者たちの提唱した、ポストモダンの考え方なのです」

と、説明した。

「フーコーによる〈視点の転換〉は、哲学と思想を学んでいた自分にとって、救いであり、救済だった」

と打ち明けた教授の言葉を、燿子は印象深く聞いた。

講義が終わってテキストやノートをバッグに戻していると、「唐沢さん」と近づく声がした。

「よかったら、このあとの懇親会に来ませんか？」

と、仙崎教授の疲れも見せない笑顔があった。

思わず、隣で帰り支度をしている皓次を見ると、

「ぜひ参加するといいよ。僕はこのあと用事があるから失礼するけど。先生、唐沢さんをよろしくお願いします」

と言って、皓次はそそくさと部屋を出て行った。

毎回、講座が終わると、受講生の有志が仙崎教授を囲む懇親会を先生も楽しみにしているのだと、会場のイタリアン・レストランに向かう道々、常連の一人が話してくれた。

その日は十人ほどが居残って、早速、アクリル板のパーテーションで仕切られての

食事会が始まった。

燿子の目の前の席に座った仙崎教授は、二時間立ちっぱなしの講義の疲れを少しも見せず、一人ひとりの質問に、丁寧な答えを返している。

そしてひと通り今日の講義に関する話が終わると、場の話題が、一気に砕けたものになった。

目の前に並んだパスタやピザを精力的に食べる仙崎教授に、年配の受講生の一人が、

「先生。これで独り飯をしなくて済みますね」

と声をかけると、

「まったくだ。これで今日は、老親の食事の面倒をみようともしない娘への、恨み節を吐かずに済むよ」

と笑いながら言って、仙崎が燿子のほうに振り向いたとき、二人の目と目が合った。

咄嗟に、

「私、仙崎先生が、奥さまの永子さんとどんなご夫婦だったのか。そこに興味があります」

と、思いもよらぬ言葉が口をついていた。

初対面の先生に、なんと失礼なことを、と一瞬の後悔がよぎったが、教授は燿子の不躾《ぶしつけ》な質問を自然に受け止めてくれたようで、

「ははは。我が家の女王様だった人の話ね」

と、おどけたように言うのだった。

「先生はいつもきちんと、身だしなみが良くていらっしゃるのに感心します。お洋服は奥様のお見立てでしたか？」

「とんでもない。彼女はそういうことにはまったく興味のない女だったんだな。着るものは、全部自分で選んで買ったものですよ」

仙崎が答えると、隣の紳士が、

「永子さんの夫教育の賜物《たまもの》ですな。ご自分がいなくなった後も、先生が何も困らないように」

「あ、そうか。なるほど。好意的に考えれば、そうとも言えるね」

そんなとりとめのない話をしていると、アクリル板越しにすっと手が伸びデジタルカメラが差し出された。

そういえば先ほどから、仙崎教授が膝の上のバッグから取り出したカメラを繰って、何か探している様子だった。

画面を見ると、そこに笑顔の女性と並んだ教授の写真があった。

「妻の永子さん。彼女が死ぬ前に、最後に二人でヨーロッパに行ったとき」

燿子は、生前の永子を、笑顔の素敵な人だと改めて思い、仙崎教授が夫人といかにいい関係を営んできたかを想像することができた。

そして、先ほどまで難しい講義をしていた教授の、別の一面を見ることができた気がして、柔らかな気持ちになった。

「ぜひ、うちに遊びに来てください。新田くんもよく来るから、よかったらあなたも一緒に」

と、教授が笑顔で言うと、

「ありがとうございます。ぜひ伺わせてください」

燿子も答えて、教授とメールアドレスを交換した。

「お邪魔できそうな日を、私から連絡させていただきます」

そんな会話をしているうちに、和やかな懇親会が終わった。

立ち上がった燿子に、目の前の仙崎が言った。

「今日は、参加してくれてありがとう」

「こちらこそ、楽しかったです。ありがとうございました」

「メールをお待ちしていますよ」

「はい。近いうちに、必ず」

燿子は言うと、自然に握手の手を差し伸べていた。

コロナ禍が始まって以来、誰と会うときも躊躇《ためら》われていた握手を、彼女はそのとき、自分から求めていたのである。

誰かと、手と手を握り合っての挨拶など、ほんとうに久しぶりのことだ。

そして、応えてくれた老教授の手を「温かい……」と思った。

そんな行為を自然にできた自分に、驚くとともに、無意識が背中を押してくれているのを感じていた。

＊＊＊

昨晩もまた尿意をおぼえて目をさましては、寝室とトイレのあいだを一時間ごとに往復した夜が明けた。

東の空に太陽が昇りはじめ、街がゆっくりと明るさを増していくのが、カーテン越しにもわかる。庭では鳥たちも起き出したのか、木の枝にやってきて、賑やかに囀《さえず》り朝の挨拶を交わし合っている。

ベッドに片肘を立てて、身体を起こすと、サイドテーブルに手を伸ばして腕時計を取り上げた。

五時二十五分。

目覚ましをかけずとも、早朝のきっかり同じ時間に目が覚める。

今日もまた、何も予定のない一日の、起床時間を確認する。

そして腕時計をサイドテーブルに戻すと、再び仰向けになって、起き抜けの意識を足のほうにもっていく。

寝ているあいだに、ふくらはぎの筋肉がまた固まってしまったようだ。

これも歳を重ねるごとに顕著になった「老いの徴《しるし》」のひとつである。

八十六歳の哲学者・仙崎理一郎の判で押したような一日が、今朝もこうして規則正しく始まった。

天井を眺め、布団のなかの足首を左右に倒したり、回したりしながら、ぼんやりと考える。

「さて、今日は何をするべきか」

急いで起きてしなくてはならないことが、思いつかない。見つからない。

このまま寝床に横になって、新聞を繰るなり、本を読むなり、日がな一日ごろごろしていてもいいのだが、彼にはそれができないのだった。

一日を規律正しく暮らすこと。

それが長年自らに課してきた生活規範であり〈規律〉だった。

その〈規律〉を崩してしまえば、八十代の半ばを迎えてなお、辛うじて送れているつつがない日常が、がらがらと音を立てて崩れ、まっしぐらに〈死〉に向かって落ちて行くような気がする。

頭のなかにはいつもそんな強迫観念が居座っていて、つかまりそうになる〈老いの憂鬱〉と〈死の恐怖〉から逃れる術が、唯一、毎日の生活を規律正しく送ることなのだった。

健康に恵まれた八十六歳とは、そんな年齢だ。

「誰にも頼ることはできないぞ。しっかりしなくては」

今朝もまた、呪文のような言葉を唱えると、起き上がり、足を絨毯《じゅうたん》の上にそろりと下ろした。

ベッドに腰かけ、またしばし考える。

何時に寝て、何時に起きてもいい、さしあたってすることのない毎日になって、何年が過ぎただろう、と。

少なくとも、妻が生きていた頃は、一日の時間のきめごとが、もう少し明確にあったような気がする。

妻の永子がこの世を去った、四年ほど前までは。

西洋哲学科の教授として長く東北の国立大学で教鞭をとっていた仙崎理一郎が、定年を迎えて、この地、世田谷区等々力《とどろき》の家族の家に戻ったのは、六十代の半ば。もう二十年以上も前のことになる。

以来、妻が亡くなるまで、一日のはじまりは自らに課した規則正しい行動によって、一定のリズムを保っていた。

午前六時に起きて洗面を済ませ、浴室の前に置いた大型洗濯乾燥機のスイッチを入れると、裏口の土間を降りてサンダルを突っかけ、昨夜のうちにまとめておいたゴミの袋を持って、家を出る。

毎朝のゴミ出し作業は、欠かすことのできない理一郎の仕事だった。

月曜日と土曜日は資源ゴミ、火曜日と金曜日は生ゴミ、水曜日は不燃ゴミ、木曜日はプラスチック・ゴミと、週のうちのほぼ毎日、同居している娘夫婦と二世帯分のゴミを、前夜のうちにきちんと分別しておくのも、大事な日課である。

雨の日でも嵐の日でも、両手に下げたポリ袋を、家から百五十メートルほど離れた角のゴミ集積所まで持っていき、積まれたゴミ袋の山の上に置くと、東側の緩《ゆる》やかな坂道を駅に向かって下っていく。

毎朝の散歩も、自分で決めた通りの時間と道順だ。

目黒通りと別れて用賀《ようが》中町通りを数分歩くと、「等々力渓谷入口」と書かれた標識の立つ交差点に出る。

その四つ角を左に折れ、谷沢川《やざわがわ》にかかる赤い〈ゴルフ橋〉を渡ると、大都会東京の住宅街の一角とは思えないほど、自然豊かな風景が広がった。

春は桜、夏は緑、秋は燃えるような紅葉と、四季折々、さまざまな植物の変化が楽しめる等々力渓谷に、彼はひと目惚れして、三十年ほど前に妻と相談してこの地に家を建てることにしたのだった。

早朝の新鮮な空気のなか、奥の不動滝までの道のりを、鳥たちの声を聴き、深山《しんざん》の趣《おもむき》を味わいながらする散歩が、定年後の理一郎の何よりの楽しみになっていた。

小一時間もすると、そろそろ妻が起きてくる七時になる。

渓谷公園を出て、もと来た道をゆっくりと辿《たど》り、家に戻れば、次なる朝のルーティンが待っていた。

門を入り、玄関を上がってキッチンに直行すると、目玉焼きとトーストにフルーツヨーグルトといった変わりばえのしないメニューで、妻と二人分の朝食をつくる。

つまり、その頃の彼にとって、午前六時は起床すべき〈理由〉と〈役割〉のある時間だったのだ。

その理由と役割を、妻の死とともにうしなって以来、理一郎の日常はリズムを奪われて、なんとも心許《こころもと》ないものになっている。

妻をあの世におくったとき、彼を襲った思いは、悲しさや寂しさよりも、得も言えぬ寄る辺《よるべ》なさだった。

突然この世にひとり放り出されたような、ただ呆然としたあの感覚は、長年苦楽をともにした伴侶をおくった夫の、誰もが感じるものなのか。

理一郎と永子がほぼ同時に定年を迎えてからも、二人にはそれぞれに打ち込む研究があり、社会に求められる仕事があった。

そして、自分の作った朝食を当たり前のように食べる、妻と向き合ってパンを齧《かじ》る彼に、いまのような孤立感はなかった。

互いに自分の仕事に夢中で、さして仲のいい夫婦と言えずとも、理一郎には「妻の愚痴を、辛抱強く聞く夫」という役割もあったのだ。

ところが四年前の夏、同い年の永子がクモ膜下出血で倒れ、大病院で二週間の治療の末、あっという間にこの世を去ってしまった。

彼は、妻の生前の業績をたたえるように、自らの手で盛大な通夜と葬儀をとり仕切った。

儀式を終えた後も、残された八十二歳の夫には、妻の遺産相続や遺品の整理など、物理的にすべきことが山ほどあって、寂しさや孤立感をおぼえた記憶はない。

そんな事務的、法律的な仕事を終えるには、妻との別離から一、二年のときが必要だった。

それがいま、八十六歳になって、理一郎は今日もまた、こうしてひとりベッドに腰かけて、押し寄せる孤立感と闘っている。

これから、死のときを迎えるまでの、不確かな日々を「いかに生きていくか?」と考えては、未だ確かな答えを見出せず、もがいている。

「よしっ」

自らを叱咤するような声を発して、立ち上がると、部屋の南側と東側のカーテンと窓を開け放った。

窓際に立ち、朝の外気を胸いっぱいに吸い込むと、腕を大きく回したり、両足の屈伸をしたりと、気休めのような運動をして数分を過ごす。

そしてパジャマを脱ぎ、寝ているあいだに汗を含んだ肌着を、新しい下着に替え、箪笥の引き出しからワイシャツを取り出して、身につける。

クリーニングしたての糊のきいたワイシャツこそ、大学で教鞭をとっていた頃からの〈鎧《よろい》〉で、いまだにその習慣を変えることができずにいる。

ボタンを止めながら、また考える。

いまは健康な身体だが、いずれ歩くことさえおぼつかない日がやって来るだろう。その前に〈終活〉について真剣に考え、具体的な準備に取りかからねば。

だが、いまはまだ、そのときではない。

理一郎は今日も思い直すと、片足を上げるたびに、よろよろとバランスを崩しながらスラックスをはき、丸めた下着を手に洗面所に向かうと、洗濯機に汚れた衣類を放り込んでスイッチを入れた。

そして、昨夜のうちにまとめておいた台所のゴミ袋をゴミ集積所まで運び終えると、通りがかりの近所の人と挨拶を交わし、家の前の道を竹箒《たけぼうき》で掃くなどして、朝の日課をこなす。

最近は、あれだけ毎日欠かさなかった朝の散歩に行きそびれる日が多くなった。

二年ほど前に、突然世界中を襲った新型コロナのせいで、長年守り通してきた日課にも、少しずつ狂いが出始めていたようだ。

高齢者は重症化しやすいから、「あれをしてはいけない」「これはやめておけ」と言われ続けるうち、気がつくと、運動不足がたたってか、あっという間に等々力渓谷の石段の登り降りもしんどくなってきた。

そうなると、坂道を転げるがごときスピードで下半身が衰えていくような気がする。そう。コロナ禍は、理一郎のような老人を情け容赦なく、〈不安〉と〈鬱《うつ》〉に追いやっていた。

「俺は、ずっとこうやって、独りで生きてきた。仕事では〈孤高〉を保ちながら、家ではいつも、妻や子の面倒をみてばかりだった。が、しかし、いま最終段階を迎えた俺のこの人生は、はたして幸せだったと言えるのか……？」

結婚した当初から、学者としてのキャリアの一歩先を歩いていた永子は、家事や育児を丹念に楽しむ女性ではなかった。

そんな妻と暮らしたせいか、理一郎は独りになっても、日々の家事や雑事を苦にしたことがない。

北区赤羽の商家に育った彼には、家事はそのときどき、やれる者がやるという習慣が、子どもの頃から身についていた。

また、父親を早くに亡くして、母の助けになりたいと幼い頃から家の手伝いは何でもしたので、結婚してのちも、「男の沽券《こけん》」を振りかざす夫にはならなかった。

一族郎党、全員が東大出の学者というエリート一家に生まれ育った妻とは、もともと暮らしまわりの価値観も違っていたが、そんな違いを苦と思うこともなかった。

有名私大で社会学を教える傍ら、女性評論家の草分けとして、早くから名をなし、定年後もマスコミで活躍した妻を、誇りに思っていたのである。

ひとり娘の伽耶《かや》の養育中も、何かにつけて、父親の自分が面倒をみることが多かった。

夫婦ともに「子どもの自由」を尊重する教育方針だったので、伽耶は高校の頃から、親元を離れてアメリカで過ごし、「自由」の申し子のように前衛舞踊のパフォーマーになった。

そしていま五十代の半ばを迎えた娘は、近くに借りたスタジオで子どもたちにダンスを教えながら、写真家の夫とともに、両親が二世帯用に建てた大きな家で、一緒に暮らしている。

理一郎が「互いの生活に干渉し合わない」という信条を持ちながらも、面倒見のいい父親だったので、大きな家で親と同居することは、経済的に不安定な職業を持つ伽耶夫婦にとっても、好都合だったかもしれない。

年頃になった伽耶夫妻のひとり娘のユリアは、大学卒業と同時にＩＴ企業に就職し、都心のマンションで暮らすため、家を出ていった。

それでも仙崎理一郎は、頑として思っている。

「今更、娘たちに厄介をかける老人になど、なりたくない」と。

いや、それは普通の家庭の老人である場合だ。老いて、妻に先立たれた父親と同居する、普通の娘夫婦を持った家庭のことだ。

仙崎家の場合は、老親が八十代の半ばになったいまでも、「この人は何でも自分でしたい人。まだまだ余計な手出しはしないでおくのが元気の秘訣」と言って憚らない娘であり、親は親で「自分が娘夫婦の面倒をみている」という意識から抜け出せない家族である。

理一郎は、日々のゴミ出しや、長年担ってきた町内会のつき合い、一年ごとのエアコンの掃除……などといった、どうでもいいように見えて大事なことは「自分がしないで誰がやる?」と、ずっと思い込んできた。

そのいっぽうで、老親が自立して元気なのをいいことに、自分に対するいたわりを示さない娘夫婦に腹を立てていた。

同じ家に住みながら、生活時間の違う娘たちの気ままさに、

「いったい、誰に育てられたと思っているんだ。あれほど慈しんで育てた親に、もっと思いやりを持てないのか」

と苛立っている。

たとえ自分が介護されるときを迎えても、「この娘たちに頼るわけにはいかない」、「いずれ近いうちに、どこか安心できる有料老人ホームでも見つけなくては」と考えているのである。

が、考えるのはいつもそこまでだ。

こうして元気なうちは、自分がしっかりしなければ……。


理一郎は、今日も家の前の道を、竹箒で掃き終えると、散歩はやめにして家の中に戻り、まっすぐ一階と二階をつなぐ階段に向かった。

階段に沿って、天井までの壁にしつらえた書棚に、びっしりと並ぶ書物の中から、

一冊の本を取り出して、そのまま階段に腰かける。

そして、過去に自分の書いた本の頁を繰りながら、三十分ほどのときを過ごす。

それもまた、理一郎が最近見つけた、朝の大事な日課になっている。

毎朝、こうして過去の自分の仕事を読み返していると、「よく頑張ってきたじゃないか」と思うことができ、「今日も一日、元気に生きよう」と、前向きな気持ちを取り戻すことができるのだ。

過去の仕事の成果は、あとわずかながら残っている「人生の目的」というものを再確認させてくれ、今朝もその目的が明確になると、身体じゅうに精気が漲《みなぎ》っていくのを感じることができた。

やがて、読み耽っていた本を閉じて、書棚に戻すと、娘夫婦と共同で使っているダイニング・キッチンへと向かった。

そしていつものように、朝食をつくり、ひとりで食べる。

まずは、昨日スーパーで買っておいたさつま芋をレンジに入れ、メニューの中から「焼き芋」の表示を選んで、スイッチを押す。

毎朝、焼き芋を一本食べると、通じがいい。

その習慣が抜けない理由は、他にもあった。

戦中戦後の食べ物のない時代に成長期を過ごした彼には、さつま芋さえ贅沢な「ごちそう」という思いが、抜き難くあるのだ。

彼が小学生だった頃、学校に持っていく弁当箱のなかに入っていたのは、母が蒸してくれた、一本のさつま芋だった。

あの頃の教室には、さつま芋さえ持ってくることのできない友達が、何人もいたのである。

ところが、あのときの自分は、後ろめたさを抱えながら分けてやることをしなかった。

そんな、子ども時代の思い出とともに暮らす時間が、このところ日に日に多くなっていて、それもまた厄介な「老いの徴」と言えるかもしれない。

焼き芋ができ上がるまでの時間は、テレビを見るともなく眺めながら、バナナとりんごを入れたヨーグルトと、トーストを、そそくさと口に詰め込む。

次に、ほうじ茶を飲みながら、ゆっくりと焼き芋を食べ、時間をかけて新聞を読む。

仕事柄か、夜更かしが当たり前の娘夫婦は、自分たちの部屋のベッドで、まだ深く寝入っている時間だ。

そんな二人にまたも腹を立てながら、味気ない朝食を終えると、自分の部屋に戻って、パソコンの前に座った。

仕事机に向かえば、先ほどまでの孤立感は跡形なく消え、わけのわからない苛立ちからも解放されている。

これで九時から昼飯までの数時間を、本来向き合うべき仕事に、打ち込んで過ごすことができるのだ。

仙崎理一郎は、パソコンで書き上げたテキストのファイルを、ペン型のＵＳＢに保存すると、ジャケットのポケットに突っ込んで家を出た。

これから東急大井町線に乗って、自由が丘に行き、ビジネス・コンビニでＵＳＢに入ったテキスト・ファイルを三十部ほど、Ｂ４の紙に二ページ綴りで印刷してもらうのだ。

こんなことを、長いあいだずっと、ひとりでやっている。

コロナ禍でしばらく開くことのできなかった、彼の主宰する市民講座が、土曜日の午後、久しぶりに開かれることになっている。

印刷したテキストは、その講座の受講者たちに、資料として配るためのものだ。

理一郎が市民講座を始めたのは、今から二十年ほど前、単身赴任していた仙台から戻って後のことだった。

六十代の半ば、肩書きなしの年金生活者になったのを機に、それまで観念としてあった「ひとりの市民の立場」を、実際に体験することになった。

そして、自分が研究に打ち込んだ成果を、大学という教育機関を離れた場で、一市民として人びとに語りかけ、ともに学ぶ場を持ちたいと考えたのである。

その「小さな学校」こそ、長年にわたって心ひそかに育み続けた〈夢〉でもあった。〈夢〉の萌芽は、一九六〇年代の終わり、大学紛争がピークにあった頃にまで遡る。

東大を卒業して、一時期、一般企業の社会人を経験した後、大学院に入り直し、哲学と思想を学んで教育者の道を選んだ彼は、助手になったばかりの三十四歳の頃に、大学側の一員として全共闘運動を体験した。

連日繰り返された討論の場で、学生側から突きつけられた〈問いかけ〉は、「今の大学教育は、日本の近代化のなかでつくられた、制度としての教育でしかない。このような大学制度のなかでは、ほんとうの学問もアカデミズムも死んでしまったも同然だ。お前たち教師は、大学という、問題をはらんだシステムのなかで、保身的に動いているだけではないか。大学の教員になるとはどういうことなのか？」

というものだった。

当時、彼を含めた教職者たちは、既成の「大学制度」だけでなく、「学者のありよう」も問われていたのである。

そして彼は、教育者として生きてきたあいだじゅう、その問題について、考え続けてきたのだった。

当時、教育者になりたての彼は、学生たちと手を結んだり、肩を組んだりすることはなかったが、「制度としての大学」に異を唱え、「教育とは何か」という本質的なことを問題にする学生たちに、理解と共感をもつ一人だった。

そしてその共感が、彼自身のその後の教育者としての人生を、決定的に変えたのである。

彼ばかりではない。じっさいあの頃は、学生たちのそのような問いかけに、自分の置かれている社会のあり方や、自分自身の生き方を、もう一度見直そうと考える学者や教育者が何人もいた。

定年退職を迎えるまでの約三十年間、大学教師という職業を勤め上げた理一郎にとって、あの大学紛争の本来の意味は、世間で語り継がれてきた「浅間山荘事件」や「連合赤軍事件」などにあるのではなかった。

それらのセンセーショナルな事件は、一部の、極端に走った若者たちの暴挙に過ぎず、運動の本来の意味はそんなところにはなかったと、人生の最終ステージを迎えたいまでも思っている。

じっさい理一郎は、あの頃の学生運動がらみで、忘れ難い体験をもっていた。

当時、長引くバリケード封鎖に終止符を打つために開かれた、大学側の会議の席で、彼は、機動隊の出動要請に踏み切ろうとする上層部に、強く反対したことがあった。

しかし、結局、彼の意見は聞き入れられず、機動隊の介入によって、キャンパスに表向きの平穏が戻ったとき、若き理一郎は、制度に従った試験を実施しなければならなかった。

あのとき、試験を受けることを拒否して、決然と教室を出て行った数人の学生たちが、自分に向けた蔑《さげす》むような視線――。

それが苦い記憶として、今でも彼の脳裏に焼きついている。

周囲の教師たちからは「あいつは全共闘のシンパだ」とのレッテルを貼られ、学生たちからは「制度に従う教師」と軽蔑の視線を浴びせられた仙崎理一郎とは、いったい何者なのか？　どんな教育者なのか？

ずっとそんな、自身への問いかけにもがいていた頃、ミシェル・フーコーの哲学と出会ったのである。

フーコーは、「制度が、人間の〈狂気〉をつくり出していく。正常な人間もまた、国家がつくり出していく」という論理を展開した哲学者だった。

彼の言う、社会への〈非適合〉や、〈違和感〉こそ、権力や既成の制度と対峙する、仙崎理一郎が背負い続けた十字架であり、彼は大学教師だったあいだじゅう、その十字架から逃れることができなかったのである。

そんなわけで、「制度の中にある大学ではできなかった学問を、市民とともに学ぶ場を持つ」ことは、彼の長年の夢であった。そしてその夢の実現を助けてくれたのは、彼の大学での授業をもっとも熱心に聞いてくれた、社会人学生たちだった。

振り返れば、大学教授という肩書きのなくなった七十代が、もっとも幅広い活動をした、まさに「豊穣《ほうじょう》の十年」だったと、理一郎はいまになって考える。

もともと、象牙の塔の出世競争には興味も適性もなかったが、大学という制度に縛られた世界から解放されてのちは、専門の哲学や思想の研究に、思う存分打ち込むことができた。

また、趣味のようにして始めた市民講座の講義をもとに、沢山の本を書き、出版することもできた。

彼の学者人生で、もっとも自由で豊かな七十代が、矢のように過ぎていった。

ところが八十代を迎えると、それまでは仙台、東京、大阪、京都、福岡と、五都市で開催していた市民講座が、次第に体力的にも困難になってきて、いまでは東京と仙台で、それぞれ月に一度ずつの開催が精一杯になっている。

あれだけ「生涯一講師」という立場こそ自らのアイデンティティと思っていたのに、最近では、「市民講座もいつまで続けられるのか」と考えるようになっている。

いまの自分には、もう、新しいテーマに取り組むだけの気力も体力も残っていない。

過去に蓄えたものを引っ張り出して、焼き直して、書いたりしゃべったりしているだけではないか、と気弱に考えることもある。

コロナ禍もあって、講座の機会が減ったいまでは、家で一日中パソコンに向かう日も増えてきて、誰とも口をきかずに終わる日も多くなった。

それでときどき、常連の受講生の誰かに電話をしては、

「我が家に遊びに来ませんか?」

と声をかけ、ワイン持参で家を訪ねてくれる人と、数時間のおしゃべりを楽しむ。そういう機会を、なるべく自分から作るようにしている。

かつての友達や仕事仲間の大半は、すでに鬼籍に入ってしまった。

仙崎は、孤独な老人がうつ病にならないためにも、月に二日だけの講座は、なんとしても続けなくては、と思うのだった。


その日、自由が丘のビジネス・コンビニでテキストの印刷を終えると、二つ先の駅の大岡山《おおおかやま》まで足を延ばした。

昨日の朝、玄関に新聞を取りに行ったとき、有料老人ホームの折り込みチラシが目に止まって、老人が入る施設とやらを、一度この目で見ておこう、と思い立ってのことだった。

高級住宅街の一角に建つ、瀟洒《しょうしゃ》なマンションのような外観は、写真で見る限り、なかなか感じがいい。

「看護スタッフ24時間365日常駐の安心の看護体制」「認知症ケア充実型ホーム」「専門指導員による充実のリハビリ体制」とチラシに並んだ謳《うた》い文句は、どれもいまの自分には無縁なように思えたが、歳を考えれば、いずれも他人事《ひとごと》と無視することもできない問題だ。

現に、家を出ようとした一時間ほど前、玄関で出くわした娘の伽耶から、

「お願いだから、転ばないようにね、気をつけてよ！　転んだら最後、寝たきりになるんだからね！」

と、背中にきつい一発を、浴びせられたばかりだった。

娘の言葉は、父親の身体を心配してよりも、自分が介護する身になりたくないという、魂胆ありありの言い草に聞こえ、思い出すだに腑《はらわた》が煮えくり返る。

あんな薄情な娘に介護される羽目になったら、毒を盛られることだってあり得るぞ。ここは元気なうちに、有料老人ホームとやらを、この目で見ておいたほうがいいだろう。

というわけで、自由が丘に出たついでに、大岡山まで足を延ばすことにしたのである。

今日はただ、場所を確認するだけにして帰るとしよう。

そう思って、三階建てのホームに近づき、建物を見上げると、煉瓦《れんが》造りに見えた外壁は、煉瓦に見立てた薄いタイル貼りだとすぐにわかった。

「やっぱり写真ではわからんな」

何気なく玄関に近づいたとき、大きな両開きの自動ドアが、音も立てず勝手に開いてしまった。

慌てていると、丸見えになったエントランス・スペースに、長椅子が置かれていて、そこに五十代の夫婦らしい男女が、入り口に背を向け、並んで腰かけていた。

夫婦の目の前には、もうひとつ両開きのガラスのドアがあり、その扉は二人を拒絶するかのように、硬く閉じられたままである。

いったい何をしているのだろうと、立ち去り難い仙崎の目に、奥のほうから車椅子が近づいて来るのが見えた。

ピンクの制服を着た女性スタッフに押された車椅子には、パジャマ姿の老女が乗っていた。

車椅子が境のガラス戸まで近づいて、老女の鼻先に迫った距離で止められると、スタッフが屈《かが》みこんで、車椅子のストッパーをかけた。

と、表側の長椅子に座った女性のほうが、やおら立ち上がり、

「おかあさん、私よ、わかる？　キヨコよ、元気なの？」

携帯電話を手に叫んでいた。

ガラス扉の向こうでは、スタッフの女性が、手にしたスマホを老女の耳に当てている。

ところが、こちら側の女性が何を叫んでも、老女の表情はピクリとも動かない。

仙崎は、目の前で繰り広げられている光景が、すぐには理解できなかったが、やがてそれがコロナ禍のなかの、入居者と家族の面会なのだ、と合点がいった。

面会に来た家族は、施設内に入ることが許されず、こうして玄関先で、携帯電話をかけあって面会するしかないのだ、と。

やがて、妻のほうが、

「やっぱりねぇ。こんなに進んじゃったんだねぇ。可哀想に」

と言いながら、泣き始めた。

すると隣の夫が、妻の電話を取り上げて、

「おばあちゃん、顔色いいじゃないか。食事は？　ちゃんと食べてるの？」

と、大声で話しかけている。

それでも車椅子の老女は、能面のように無表情なままである。

そんな光景を見ていた理一郎が、ついにいたたまれず踵《きびす》を返したそのとき、脇の受付から顔を出した女性に、甲高い声で呼び止められた。

「こんにちは。何か御用ですか?」

「いや、この自動ドアが勝手に開いてしまってね。ちょっと、近づいただけなんだが……」

仙崎が、しどろもどろで答えていると、

「ご入居のご相談ですか? 予約は? していらっしゃいます?」

「いや、ちょっと通りかかっただけなので」

と言って、逃げるように立ち去ろうとするのを、

「お待ちください!」

と押しとどめる声がして、振り向くと、彼女の姿が一瞬、奥に消えた。

やれやれ……と、ため息をつきながら帰ろうとしたそのとき、いきなり腕を摑まれた。

先ほどの女性だった。

「とにかく、パンフレットだけでもお持ちください。次にいらっしゃるときは、お電話くださいね。予約を取りますから」

と言うと、彼の目の前に大きな封筒を差し出している。

仕方なく封筒を受け取ると、ほうほうの体で、老人ホーム『グレイス・ライフ大岡

山』を後にした。

家に戻った理一郎は、老人ホームの玄関で繰り広げられていた面会の光景が、脳裏から離れず、もらってきた封筒を、そのままゴミ箱に捨てようとして、思い直した。自分は、老人ホームの入居にかかる費用さえ知らないのだ。

あのホームに入ることはないにしても、情報として知っておくに越したことはない。封筒から取り出したパンフレットを見ると、ホームの設計図には、各階の廊下を挟んで四十もの個室が、ホテルの見取り図よろしく並んでいた。

一角に小さなトイレのついた個室のスペースは、たった二十平米弱の狭さだった。百ほどの居室のあるホームなのに、浴室は一階に一つきりしかない。

機械浴の大きなバスタブがふたつ、個浴のバスタブと向かい合わせに並んでいる。

こんな広い浴室で、人目に晒《さら》されながら風呂に入るのかと、彼は、いつか手足の不自由になった自分が、介助されながら入浴する姿を想像して、暗澹《あんたん》たる気持ちになった。

パンフレットに挟まれたカレンダーには、体操、脳トレ、フラワーアレンジメント、皆で唄おう会、音楽療法、囲碁将棋、折り紙、映画の日などなど、毎日の行事がバラエティー豊かに並んでいる。

これまで、広い書斎で仕事に打ち込んできた仙崎には、近い将来、自分がこんな所で見知らぬ老人たちと、お仕着せのレクリエーションを楽しむ日が来るなど、どうしても想像することができないのである。

入居費用は年齢によって分けられていて、自分の歳だと、九百五十万円の前払金を納めた後、月々二十三万円もかかるようだ。

まあ、あと何年生きるにしても、そのくらいの額はなんとか蓄えてはいるが、居室の狭さがなんとも気になる。

唯一、魅力的だと思えたのは、バラエティーに富んだ三度の食事で、伽耶に禁じられている毎日のおやつに、今川焼き、ストロベリームース、おはぎ、フルーツあんみつと、垂涎《すいぜん》ものの甘いメニューが並んでいるところだった。

「こんなことも、知っておいた方がいいのだ」と自分に言い聞かせるそばから、やはり人生の最期を、老人ホームで迎える気にはなれない。死ぬときは、住み慣れた自分の家で死にたい、と思うのだった。

でも、もしあの車椅子の老女のように、認知症になってしまったら？

とても我が家の娘夫婦の手には負えんだろう。世間的な常識の外で生きている娘たちには、親を預ける施設を見つける知恵さえ、あるとは思えない。

そう考えると、あらためて途方に暮れてしまうのだった。

俺は、ずっと家族のために、何もかもを先回りして、彼らの世話を焼いてきた。それが間違っていたのだろうか。

入るべき老人ホームを、自分で見つけなくてはならなくなったいまの境遇に、すっかり気落ちして、パンフレットを閉じると、デスクに立てかけた重要書類のファイルを開き、丁寧に綴《と》じる。そんな几帳面さも、長年の教員生活で身につけた、生活規範のひとつだった。

3

二度目の市民講座に参加した翌日、燿子は早速、仙崎教授に宛ててメールを書き送った。

ぐずぐずしていると、自分の気持ちが萎《な》えてしまい、約束が立ち消えになってしまうような気がして。

――仙崎理一郎先生

昨日もまたフーコーについての核となるお話、とても興味深く拝聴させていただきました。ありがとうございます。講座のあとのお食事会にも、厚かましく混ぜていただき、楽しい時間を過ごすことができました。

私、大学生の頃は大学紛争の只中。その後社会に出てからは、ずっと食べていくための仕事に追われて、「座学」というものをまったくしてこなかったので、この年になって何か学問に触れてみたいと考えていたとき、学生時代の友達の新田さんから、仙崎先生の講義のお話を伺いました。

そして早速、先生のご著書を何冊か手に入れて拝読。それらのご本に感銘を受けたのはもちろんのこと、ご著書ににじむ仙崎先生のお人柄に触れて、ぜひご講義を受けてみたいと思ったのです。

さて、お言葉に甘えて、ぜひ一度お宅にお邪魔して、いろいろお話を伺いたいのですが、まずは一人で伺ってもよろしいでしょうか。理由に特別な事情があるわけではありません。

ただ、先生とお会いするときは、誰にも気兼ねなく、リラックスしてお話を伺うことができたらと、考えているだけです。わがままを言って申し訳ありません。

そして、先に私の都合を申し上げれば、十二月の十五日から十八日までが空いています。

そのいずれかの日で、お時間を割《さ》いていただければありがたく存じます。

では、またお会いできる日を楽しみにしながら、ご返事をお待ちいたしますね。

そしてこの度のご縁を機に、今後も末長くご指導いただけますよう、お願い申し上げます。

唐沢燿子

そんな文面で、仙崎教授への最初のメールを送ったとき、なぜ自分は一人で彼の家に行きたいと思ったのか。教授を紹介してくれた新田皓次を差し置いて、どうして一人にこだわったのか。

じっさい、いくら考えても定かな理由を見つけられないのだが、ただ仙崎教授と妻の永子さんが過ごしてきた、夫婦の日々に関心があって、その日の話題を自分の興味に従って進めたいという、手前勝手な気持ちがあったかもしれない。

これまでの燿子の人生には、まったく縁のなかった〈学者夫婦〉という人種が、どんな人たちなのか、妻を亡くした夫が、いまどんな老いのときを迎えているのかを、取材のような形で聞いてみたいと思ったのだ。

またそれは、脚本家という職業を持つ者が、長年のあいだに身につけた、習性であったかもしれない。

昨日の懇親会の席には皓次がいなかったのに、仙崎教授とあのように自然に親しい会話ができた。その自然さを大切にしたかった。

そんなことくらいしか、思い当たる理由はないのだった。
そして、燿子のメールに対する仙崎教授の返信は、その日のうちに届いた。

――唐沢燿子さま
早速メールを下さり有り難うございます。いい方を紹介してくれた新田さんに、感謝しております。あの人は本当に親切な人です。彼の親切にどう応えるか。普通は応えようがないように思えます。少々、開き直ったような答え方ですが、市民講座の講師仙崎が、あくまで仙崎であるとしてしか、応えようがないと思っています。しかしともかく、初対面のその時から、普通におしゃべりのできる人とお会いするのは、実に稀なことであって、唐沢さんがそういう人であったことは、本当に嬉しいことです。拙宅にお出で下さることも大歓迎です。
お住まいが名刺にある逗子の方とすれば、随分遠方で恐縮ですが、日程が決まったら、交通の便を考えたいと思います。お書き下さった日取りで十二月十七、十八日は仙台の講座に行くので、その前日の十六日が私にとって最適です。いかがでしょうか。早くいらして、一日中しゃべってもかまいませんよ。またご相談しましょう。
私の携帯の番号は、０８０‐××××‐××××です。

電話は×××‐××××‐××××です。

仙崎理一郎

――仙崎先生

早速の快いお返事、ありがとうございます！

等々力に伺う日ですが、十七日に仙台にいらっしゃるご予定なら、前日の十六日よりも、もう少し前の方がよろしいと思いますが、いかがでしょうか？

私は十四日と十五日も空いていますので、そのいずれかで、先生のよろしい日をお決めください。頻繁に都内に出かけている私にとって、等々力はぜんぜん遠くありませんよ。

ネットの路線情報で調べると、所要時間は一時間九分ですから、ご心配いただくほど遠くありません。地図を見ましたら、お宅は駅からも遠くないようですね。

ご住所がわかっているので、自力で行けますからどうぞご安心ください。

新田さんから「仙崎先生のお宅に、お弁当を持ってお邪魔した」と伺っていましたので、私もお弁当持参で参りますね。

十一時半ころお邪魔するということで、如何《いかが》でしょうか？

ご著書を拝読しているせいか、私もはじめてお会いしたような気がせず、先生となら何でもお話しできそうに思えるのが、不思議でなりません。
私の電話番号もお伝えしておきますね。090‐××××‐××××
では、十四、十五、十六日のいずれかで、決めていただくのを楽しみにお待ちいたします。

唐沢燿子

――唐沢さん　いまの私にとって人に会ったり、遠方に出かけたりすることはお祭りのように楽しいこと。二日続きのお祭りは勿体ないし、疲れるかもしれないので、あなたにお会いする日は一日前にずらして、十五日にしましょうか。

それから新田さんのお弁当の話、それは彼の創作ですよ。彼と、あるいは彼がわが家で、お弁当を食べた記憶は全くない。あるいは私が忘れたのか。

独り者というのは、誰かが来て一緒に外食をしたり、お茶を飲んだりすることが楽しいのです。弁当持参というのは老人ホームに人を訪ねるようだ。

新田くんは老人仙崎をそんな風に見ていたのか。もちろんそういう方が周辺にいるということは、有り難いことなんだけれども。ただ私にとって大事なのは、一緒に楽しくおしゃべりできる人ですよ。

それとわが家は駅から五分ほど。等々力駅から用賀中町通りを尾山台のほうに数分歩いた一軒家で、見つけ易いと思いますが、大体の時間をお知らせくだされば、駅の改札口でお待ちいたします。遠いところ恐縮ですが、ご辛抱下さい。

それでは十五日ということで、楽しみにしています。

仙崎

――仙崎先生
はい。十五日にお伺いします。

私も、今日は誰とも話さなかった、声を出さなかったなどしょっちゅうです。でもこの歳になると、自分にとって意味のある人としか会いたくなくなっているので、仙崎先生のお話を直接伺えるなんて、最高の贅沢です。ほんとうに楽しみでなりません。

いちおう時刻表を見て、十五日の十一時四十分に、東急大井町線の等々力駅着の電車で伺う予定です。当日、何か変更がありましたら、お電話差し上げますね。

お弁当の話は新田さんの創作でしたか……。では、ランチは外でということで。

お疲れにならないよう、夕方には失礼させていただきますね。

では、十五日まで、どうぞお健やかにお過ごしください。

唐沢燿子

燿子は、仙崎理一郎とのメールのやりとりを、そんな風に交わして、約束の十二月十五日を待った。

その朝十時にマンションを出て、逗子駅からJRの横浜に出て、東横線に乗り換え、自由が丘でもう一度、東急大井町線に乗り換えると、伝えた時間の少し前に等々力駅に着いた。

電車を降りて出口に向かうと、思いがけず、改札口に仙崎理一郎の姿があった。

逗子の駅から電話をかけたとき、

「昼飯は、僕の家まで向かう道に中華料理屋があるので、そこで食べましょう。それでいいですか?」

「もちろんです」

そんなやりとりがあったので、きっとその中華料理店に行くために、駅に出て待っていてくれたのだろう。

改札口を出た燿子が駆け寄って、

「先生。わざわざ、お迎えに来てくださったんですね」

と言うと、仙崎が肯《うなず》いて、

「遠いところ、ご苦労様でした」

と、はにかむような笑みを浮かべた。

駅舎を出て、二人並んで歩き始めると、通りの右側に中華レストランが見えた。

「そこの中華屋でとも思ったんだけど、我が家にはいろいろ到来ものがあるんです。それを食べながらおしゃべりするということでもいいですか？」

「もちろんです」

そんな会話を交わしながら歩くうち、あっという間に仙崎邸に着いた。

その家は、ぐるりを生垣に囲まれた、二階建ての大きな家だった。

仙崎が、自分の胸の高さほどある鉄製の門扉《もんぴ》を押して、燿子を庭先に招き入れた。

玄関の扉が開くと、いきなり長い廊下の片側に並んだ書架が目に入り、あらためて学者の家に来たのだと意識する。

一瞬の気後《きおく》れをおぼえながら、玄関を上がり、仙崎の後について階段を昇っていくと、階段の壁も造りつけの書棚になっていて、古い書物がびっしりと並んでいる。

二階に上がると、ふんだんに陽の光のそそぐ、広い書斎のような部屋に通された。

こちらも南側の大きな窓以外、三方は書棚で、右手の使われていないマントルピースの上の飾り棚に並んだ、永子夫人の遺影が目にとまった。

もちろん仙崎教授が選んだものだろう、どのポートレイトも故人の明朗な人柄が偲《しの》ばれるような、満面の笑顔が印象的だ。

燿子は、夫妻の円満だった越し方を想像して、温かい気持ちになりながら、永子夫人の笑顔に心で手を合わせた。

「手土産？　選《え》りすぐりのワインを持って行けば、大歓迎されますよ」

先日の懇親会で、受講生の一人が言っていたので、燿子は二日前に鎌倉に行って、赤ワインを買っておいたのだ。その手土産を差し出して、

「定番で申し訳ありません」

と詫びると、仙崎は、

「それはありがとう」

と言って、部屋の中央のマホガニー製の大きなテーブルに並んだ、ワインの列に加えた。

ワイン群の前には、美味しそうなソーセージとカットしたチーズ、トマト、ブロッコリ、オリーブなどの野菜類、そして小さなガラスの器に入った、イクラなどが彩りよく並んでいる。皿の脇のバスケットには、スライスしたドイツブレッドと、小皿に入ったバターが添えられて、燿子は一瞬、どこかヨーロッパの家庭を訪問したような錯覚をおぼえた。

「ありあわせで申し訳ないが、これで乾杯しましょう」

仙崎は言いながら、テーブルに並んだワインの中から、赤の一本を取り上げると栓を抜き、それぞれのグラスに注いだ。

「このお料理は、お嬢さんが？」

「まさか。娘はまだ寝てますよ。これを料理とは言えんでしょう」

「え？　では、先生が？」

と尋ねると、仙崎がきまり悪そうな笑顔を見せて、グラスを上げた。

「孤独な老人の、形ばかりのもてなしです。乾杯」

「乾杯」

その日、燿子は仙崎が用意したという、洗練されたオードブルを食べながら、彼のほうは料理にはほとんど手をつけず、ワインのグラスを傾けながら、何時間でも飽きることなく話が弾んだ。

話題の大半は、燿子の質問に仙崎が答える形の、彼の個人的なライフ・ストーリーについてだった。

「大学を卒業するときにね、僕は、マスコミのどこへでも、簡単に就職できると思い込んでいたんですよ。ところが、全部見事に落っこっちゃってね。いきなり無職になってしまったんだ」

と、きまり悪そうな笑顔で言った。

東京大学の文学部を卒業したものの、就職先を失った彼は、知人の紹介で業界誌を発行する、小さな出版社に潜り込んだのだという。

その出版社で、東大の大学院生だった永子夫人がアルバイトで働いていたのだと、出会いのときを語ってくれた。

「僕は彼女と会うまで、大学院で勉強してから、教師になる道があるというのを、知らなかったんだ。どこかの新聞社か雑誌社か、マスコミで働くことしか考えていなかったから。はじめて知ったんですよ。それで、もう一度大学に入り直して、僕も教職の道で生きていこうということになったんです。だから僕は、研究者としても教師としても、ずうっと妻の背中を追いかけて生きてきたんだ」

そんなことを悪びれずに言う仙崎の言葉を、燿子は意外な思いで聞いていた。

昭和十年生まれ、八十六歳の日本の男にも、このようにさらりと言える人がいたのか、と。

「不思議ですね。ここには講座の受講生たちが何人も来てくれるけど、あなたのように話のキャッチボールのできる人は、はじめてだ」

「他の方とはいつも、どんなお話を？」

「いつも僕が一方的に話をして、彼らはつねに聞き役だ。それもこんなふうに、僕の個人的な話など、したことがない。あなたは実に不思議な人です」

「きっと皆さんは、先生のお話を聞くのが嬉しいんですよ。それに、自分は聞き役に徹するのが、先生のご希望だと、思い込んでいるのかも」

「そんなばかな。人との会話は一方通行では意味がない。やりとりがあるから面白いんです。君はそんなことを考えていたのか、とかね。それに、今日のあなたとの話は、どれも本質的な問題だ」

「私は、職業病でしょうか、取材みたいにしつこく聞いて、先生がお気を悪くされているのではないかと、心配していました」

燿子は言いながら、次から次と湧いて出る質問を、抑えることができないのだった。

「もう一つだけ、伺ってもいいですか？　先生が日々の暮らしのなかで、いちばん〈老い〉を感じられるのは、どんなときなのでしょう？」

「そうだな。それは、何かに対して、以前はあった興味が、なくなってしまった、と感じるときだろうか。何事にも、以前のように積極的な興味や、意欲というものが湧かなくなってしまった。仕事以外のことにはね」

「お仕事にはまだ、興味も意欲もおありなのですね？」

「まあ、それはね。それは死ぬまで、なくならないだろうなぁ」

その後も仙崎は、燿子が驚くほど正直な言葉を吐露《とろ》し続けた。

「僕と妻の永子は、側《はた》から見れば『いい夫婦だ』と言われていたし、自分たちもそう思っていた。しかし今日、あなたと話していて、『夫婦とはいったい何なのか？』という、根源的な問題に、行きあたった気がします。そんなことを考えるのは、はじめてだ」

「夫婦とは何か、結婚とは何か」という問題は、仕事の面でも、個人的にも、燿子が長年にわたって考え続けてきたテーマだった。

四十歳を前に離婚を選択した彼女は、内心の敗北感のいっぽうで、周囲の同年代の老齢期を迎えた夫婦の姿に、偽りや欺瞞を感じることも少なくなかった。

ところが仙崎理一郎は、先輩学者だった妻の背中を追い続けて、必死に勉強をし続けてきたのだと、正直に打ち明ける。

彼は、自分よりも名の知られた妻が、世の中の賞賛を浴びることに「妬《ねた》ましい気持ちを持ったことはない」とも言った。

いつもそんな妻を誇りに思いながら、自分は彼女をサポートする役を、進んで買って出る夫だったと思う、とも。

「しかし、僕が書いた本が、妻の書いたものほど売れることはなくてね。つねに『いつか見ていろ』って気持ちが、どこかにあったかもしれない」

そう語る顔は、受講生を前にした講義で見せる、あのエネルギーに溢《あふ》れた顔ではなかった。

いま自分自身について語る、老教授の顔に宿っているのは、心許なさのようであり、鎧を脱いだ男の、安堵のようでもあった。

二人の会話は、多岐にわたり、いつまでもつきなかった。

が、時計が午後三時をまわると、燿子がリクエストして、等々力渓谷まで散歩に出かけた。

初冬の陽が傾きかけ、色づいた葉が枝から落ちて、水の上を流れていく。

その渓流沿いの道を、仙崎と並んで歩いていた燿子は、時折立ち止まっては、自分の先をゆっくりと歩いていく仙崎の後ろ姿を、しばらくのあいだ眺めた。

その背は、八十代の半ばとは思えないほど、しゃんと伸びている。しかし、歩く足元には、やはり年相応の衰えが感じられた。

そのアンバランスな後ろ姿が、仙崎理一郎という人の、内面を表しているのかもしれないと燿子は思った。

長年のあいだに培った反骨精神と、老いの哀愁。

そんな姿には、彼女が長いこと忘れていた、「誰かの力になりたい」という気持ちを、自然に思い起こさせるものがあった。

そういえば、父の茂《しげる》が、いまの仙崎と同じ歳のころ、父もまたご多分にもれず、認知症の兆候を見せ始めた。

九歳下の母がまだ元気だったので、その後、父が九十歳で他界するまで、介護は母に任せきりで、燿子はとうとうまともな介護をしないまま、父をおくってしまった。

仕事が忙しいのを理由に、人間として大事な役目を経験せず今日まで来てしまった、との思いが、心の片隅にいつもあった。

仙崎先生は、あの頃の父とは比べものにならないほど元気だが、いずれこの人にも介護の必要な日がやって来るだろう。

そんなとき、この人なら心をこめて、それができるのではないか……と、燿子は前を歩く仙崎教授の背中を見ながら、唐突に、そんなことを考えていた。


渓谷の散歩を終えて駅前の通りに出ると、通りがかりのカフェに入り、二人ともほとんど無言でコーヒーを飲んだ。

あまりに沢山のことを聞き過ぎ、語り過ぎたので、二人ともにそういう時間が必要だという気がしていたのだ。

黙って、先ほどまでの会話を、それぞれの心のうちで反芻《はんすう》する時間が。

西の空に陽が沈む頃、二人はもう一度、仙崎の家に戻った。

再び、先ほどまで語り合った部屋に入って、書棚を眺めていたとき、

「僕の部屋を見ますか？」

燿子が振り向くと、奥のドアから顔を出した仙崎が扉の向こうに消えるのが見えた。ドアのところまで行くと、その部屋は二人が先ほどまでいた部屋の、半分ほどの広さの、もうひとつの書斎だった。

突き当たりの壁際に、デスクトップのパソコンが置かれた大きな机があり、その上にわずかな空間があるほかは、いたる所に本や資料が堆《うずたか》く積み上げられた、薄暗い部屋だった。

「ここが僕の仕事部屋で、寝るのもここですよ」

と書棚をパーテーションにした奥を指さすので、燿子が部屋の中に進んで、書棚の奥を覗いてみると、そこにシングルベッドが置かれていた。

最初に通されて、二人でおしゃべりをした広い陽当たりのいい部屋は、永子夫人の書斎だった部屋で、いまでは訪ねてきた編集者との打ち合わせや、客が来たときの応接間として使っているという。

この薄暗い、仙崎理一郎の「城」とも言うべき部屋が、二階建ての大きな家のほんの一部、わずか八畳ほどのスペースだけだった、という事実を目の当たりにして、燿子は感慨をおぼえずにいられない。

日本を代表する哲学者であり、思想家である彼の長年の研究が、数十冊の書籍を執筆した仕事のすべてが、この狭い部屋の、夥《おびただ》しい資料のなかで行われてきたのだ。

その事実をこうして知り、感じることは、彼女にとって重いことだった。

あまりに沢山のことを語り合ったせいか、仙崎が少し疲れているようにも感じられた。

そろそろお暇《いとま》しなければならないと考えていたとき、

「娘たちの部屋は一階です。だから一日じゅう、一度も顔を見ないことなどしょっちゅうだ。ここで私が死んでいても、何日も気づいてもらえない。そんなこともあるんじゃないか、と思ってね」

と、仙崎が独り言のように呟いた。

聞いて燿子は、半日を費やした二人の会話で、自分が感じた思いを、率直に伝えたくなった。

「先生。人は老いても、毎日を幸せに生きる権利があると思います。老いたからこそ、幸せに生きなければならないと思います」

「幸せ?……。そんなこと、考えたこともなかったなぁ」

「あ、ごめんなさい。おかしいですよね。日本一の思想家である先生に、そんなナマな言葉は」

「しあわせ、か……。ほんとにそんなこと、考えたこともなかった」

仙崎は、もう一度、噛みしめるように言った。

「私は今日、先生のお話を伺って、なぜかそんな陳腐《ちんぷ》な言葉が浮かんだのです。先生には、もっと幸せになっていただきたいと思いました。そのために何か、私にできることがあればいいな、と思ったのです。今日はこの辺で失礼しますが、尊敬する仙崎先生には、ぜひご自分の幸せを考えていただきたい。それだけをお伝えして、またお会いできる日を楽しみにいたします」

と燿子は伝え、仙崎の家を後にした。

「唐沢さん、今日はありがとう。また近いうちに会いましょう。あなたとはまたゆっくりと話がしたい」

「はい。ありがとうございます。いつでも、呼んでいただければ、喜んでお邪魔します」

そう言い合って、二人は、等々力駅の改札口で別れた。

逗子駅に着くと、ホームの時計は八時半を回っていた。

燿子は、自分のマンションに向かう道を左に逸《そ》れて、海岸に向かった。

遠くの岬に灯りが瞬《またた》く以外は、あたり一面、夜の帷《とばり》が降りていた。

黒くひろがる海から、冷たい風が吹き上げ、打ち寄せる波の音が聞こえている。

燿子は、首に巻いていたマフラーを引き上げて、マスクをつけた頬を覆い、ポケットから取り出した手袋をつけて、空を見上げた。

空気が澄んでいるせいか、月も星も、強い光を放っている。

彼女は、誰もいない夜の海辺を歩きながら、昼間、仙崎理一郎の家で過ごした時間と、交わし合った言葉の数々を思い出していた。

「急に倒れて、誰にも気づかれないまま、死んでいるのではないか」

最近、そんな妄想にかられることが多い、と先生はおっしゃっていた。

同じようなことは、燿子もこのところしばしば考えることで、独居老人の多い都会では、少しも珍しいことではない。

どうしようもない孤立感が、独居老人に限らず、家族と同居している自分の身にも起きているのだ、と仙崎は訴えていた。

「家族に大事にされない不幸」とは、多くの老人が口にする、よくある愚痴に過ぎなかったかもしれない。

それを今日の自分は、過剰な思い入れで聞いたのではなかったか。

「何か、私にできることがあればいい……」

と伝えた言葉は、明らかに、一歩踏み込んだものだった。

ほぼ初対面に過ぎない自分が、そんな重大なことを、どうして口にしたのだろう。そんな言葉を吐いたことを、後悔しているのか、いないのか。

燿子は、ひとりになって、もう一度自分に問うてみたかったのだ。

海の夜風に吹かれながら考えているうち、彼女の脳裏に、再び仙崎理一郎の、はにかむような笑顔が浮かんだ。

今日の仙崎の笑顔は、講座や懇親会の、大勢が集うなかと違って、自分だけに見せてくれたものだ、という気がしていた。

彼の笑顔をもう一度見たい……との衝動にかられた。

仙崎の家を訪ねた十一時半から、その場を辞した午後五時半まで、六時間もに及んだ二人の会話を反芻するうち、燿子は、自分のなかに芽生えた思いを、あらためて確認したのだった。

自分は「家族に粗末に扱われている」という寂しい老人を、介護するように、世話を焼きたいと思ったのではない。

最初に彼の本を読んだ時に感じた仙崎理一郎の知性と、その書物に表れた真っ直ぐな人柄に惹かれているのだ、ということを。

そして翌日、彼女は仙崎宛にお礼のメールを送った。

――仙崎先生。

昨日はありがとうございました。さぞやお疲れになったのでは……と案じながら、私にとってたいへん有意義で、楽しい時間でした。

誰からも聞くことのできない、本質的な問題を中心に、先生のお話を伺えたのはほんとうに幸運なことでした。なんだか、取材のような聞き方になってしまって、ご気分を害されたのではないかと心配しています。

ところで、お正月はお忙しいですか。おひとりで過ごされる日がありましたら、今度は狭い拙宅にお出でいただけたら……などと考えもしています。

まずは明日からの仙台、気をつけて行ってらっしゃい。

そんな燿子のメールに、早速、仙崎から短い返信があった。

――お互いにお疲れさまでした。人と出会ったなぁという、遭遇体験のような気分が強く残っています。独り者にとって、正月というのは一番始末の悪い時期で、お邪魔したい気もいたします。お誘いありがとう。

＊＊＊

仙崎理一郎は、今日も六時にジムを出ると、夕飯の惣菜を見繕《みつくろ》うため、近くのスーパーマーケットに向かった。

毎日、夕方の四時になると、住まいのある等々力の二駅隣、二子玉川《ふたこたまがわ》駅の近くにある、サウナ付きのジムに通うようになって、かれこれ二十年が過ぎた。

いまもこのように健康でいられるのは、このジム通いのおかげだと信じている。

器具を使ってのトレーニングは、ウォーキングマシンで歩き、鉄棒にぶら下がって身体を伸ばすなど、いまでは子供騙《だま》し程度の運動になってしまったが、サウナで汗を流し、ゆっくり風呂に入る習慣を、余程のことがない限り欠かさない。

ジムの帰りに、パック入りの惣菜を調達するのも、妻が死んでからすっかり当たり前になった習慣だった。

最近は、ひとり暮らしや夫婦共働きの家庭が多くなったせいか、賑やかなターミナル駅の二子玉川には、美味しい惣菜を売る店がふんだんにあって、栄養のバランスを考えながら、一人分の惣菜パックを見繕うのも、夕刻の楽しみのひとつになっている。

午後七時、家に戻ってダイニング・キッチンに行くと、娘の伽耶と夫の卓郎《たくろう》が、テレビを見ながら夕食をとっていた。

「お帰りなさい」

二人は慌てたように立ち上がって、テーブルの上の、食べかけの食器をずらして、理一郎が座るスペースを空けてくれた。

「ただいま」

ひとこと無愛想に言うと、彼は空いたテーブルの一画に、スーパーの袋から出した惣菜パックを並べ始めた。

「お父さん、よかったらシチュー、いかがですか?」

卓郎が、気を使ったような声をかける。

「美味しいわよ」

伽耶も食べながら、あっけらかんと勧めた。

「いや、ありがとう。これでいい」

理一郎は、不機嫌そうに答えて、電気釜のところに行くと、朝のうちに炊いておいたご飯を、茶碗によそった。

彼のほうでは、娘夫婦を「冷たい」と思っているが、伽耶たちからすれば、昔から「何でも自分でしないと気が済まない父親だ」程度の認識なのだろう。

それ以上、父親と娘夫婦の会話は続かず、再びテレビのお笑い番組に戻った二人の笑い声が聞こえた。

理一郎は、ご飯茶碗を手に食卓に戻ると、並んだパックのなかの、ほうれん草の胡麻和えと、鶏肉の竜田揚げ、漬物をおかずに口に運んだ。

自分が娘たちから、「扱いにくい年寄り」と思われていることはわかっている。特に不機嫌を装っているわけでもないが、若い夫婦と一緒に和気藹々《わきあいあい》と食卓を囲む、そんなホームドラマのような真似は、父親も娘も苦手である。

ずっとそれぞれが、自由に、自分勝手に暮らしてきた、我が家族なのだ。昔のようではなくなったとすれば、それは自分のほうで、「お前たちに厄介はかけない」と態度で示している。

永子が生きていたあいだは、あまり仲の良くなかった妻と娘の「緩衝役《かんしょう》」を果たしていると思っていた自分が、いまではただの「扱いにくい年寄り」になっている。家族の団欒《だんらん》を、涼しい顔で拒みながら、今日もほとんど会話のないまま、夕食を終えた。そして誰に向かってでもなく、

「おやすみ」

素っ気なく言うと、流し台に食器を運び、それらを丁寧に洗うと、布巾で拭いて食器棚に戻し、自分の部屋に引き上げた。

書斎に戻ると、まっすぐデスクに行ってパソコンを開き、エンター・キーを押す。

と、いきなり唐沢燿子の大写しの笑顔が出てきた。忘れていたが、ジムに出かける前に、ネットで彼女に関する情報を検索していたのだ。

　もう一度読んでみる。

　自分はテレビドラマを見ないので、そういう脚本家がいたことも知らなかったが、何年か前までは、相当に売れっ子だったようだ。若いうちに離婚をしたことや、娘をひとり持つ母親であるなど、彼女の大まかなライフ・ストーリーも知ることができた。

　が、昨日、この家を訪ねてきた女性に抱いた印象、「このひとは何でもお見通しだ」といった感覚は、依然残っている。

　昨日は、問われるまま、自分のことばかり話して、彼女のことは何ひとつ聞かなかった。

　しかもほぼ初対面の女性に、自分自身のことを、特に個人的なことを、あれほど正直に話したのは、はじめての経験だった。

　プライベートなことまでが、あのように次から次と口をついて出るのに、どうして躊躇いがなかったのだろう。それが何度考えても、不思議であった。

　やはり寂しかったのだろうか。

　いや、寂しかったからというだけでは、理一郎のいまの疑問は何ひとつ解決しない。

　彼女から投げられた質問のいちいちが、自分の考えなければならないことだったからか。

わかっていながら、放っておいたことだったから、なのか。

そんな風に自然に思えたことが、またも不思議でならないのだった。

考えていたとき、理一郎の頭に、ふと「擬制《ぎせい》」という言葉が浮かんだ。

妻の永子との、約六十年にわたる結婚生活のあいだ、あるいは、娘の伽耶を含めた家族の暮らしのなかで、自分が当たり前と思ってきたものは、はたして当たり前だったのだろうかと考えている。

自分は若い頃から、仕事がすべてと思い、懸命に、哲学ひとすじに生きてきた。

自分だけでなく永子もまた、仕事で社会的な評価を得ることを、人生最大の目的とする女だった。

夫婦ともに、無我夢中で仕事に没頭してきた末に今日がある。

私は研究者である。

私は大学教授である。

私は哲学者であり、思想家である。

そして私は、世間から見て何ら劣るところのない「家族を大事にする夫であり、父親である」と思い込んできたが、はたしてそうだったのか。

いま、老いて長年連れ添った妻を亡くし、人生の最終ステージを迎えた俺は、このように得体の知れない孤立感や、先行きの不安と闘っている。

その孤立感の原因は、他でもない「擬制の結婚」、「擬制の家族」という、これまで考えもしなかったことにあったかもしれない。

自分はこれまで、仕事にかまけて、人として大切にすべきものを、大事にしてこなかったのではないか。

理一郎は、昨日の唐沢燿子との会話のなかで、そんなことに気づかされたような気もしていた。

昼間送った彼女へのメールで、

「人と出会ったという、遭遇体験のようなものが残っている」と書いた。

その遭遇体験とは、彼女が、

「お前が生きてきた人生は、これでよかったのか?」

と、そんな根源的な問いをもって、自分の前に現れたような気がしたからだ。

そんな風に考えている自分に、驚き、当惑しているのだった。

ついこのあいだまで、自信満々に送ってきた私の人生は、偽りだったのか。

もう一度、唐沢燿子と会わなければならない。

会って、もう一度話をしなければならない。

そう強く思い、彼はパソコンを閉じた。

——仙崎先生。おはようございます。
今日も雲ひとつない快晴ですね。さて、そろそろお正月の予定を立てたいと思います。私の部屋でお雑煮を食べながら、ワインを飲みながら、また先生のお話を伺いたく、ぜひお気軽にいらしてください。お料理の関係で元旦がいちばん嬉しいですが、二日でも三日でも構いません。どうぞご検討ください。

唐沢燿子

——元旦のお雑煮とは願ってもないこと。ただ孫が来ると言っているので、彼女との対面が大晦日《おおみそか》に済めば、私は喜んで元旦に伺います。その確認を今夜いたしますので、どうぞしばらくお待ちください。

仙崎

——それはお孫さんとお会いになるほうが大事です。私のほうは、二日でも三日でも構いませんよ。そして来ていただけるなら、日にちを急いでお決めになる必要はありません。先生のご無理のないときに合わせます。どうぞゆっくりご検討ください。

――元旦に伺います。孫とは大晦日に、一緒に年越し蕎麦を食べることにしました。元旦にお雑煮に呼ばれていると言ったら、婿はそちらに行ったほうがいいと言っていました。

これで大いばりで伺えます。

――まあ！　よかった。逗子駅までお迎えに行きますね。また近くなったら、細かな打ち合わせをしましょう。嬉しいご連絡、ありがとうございました。

七十五歳の女と、八十六歳の男が、暮にそんなメールのやりとりをして、二人は元旦に、再び会うことがきまった。

燿子は、これで今年もお節《せち》料理の腕をふるえると、二十八日と二十九日は丸二日を使い、鎌倉と横浜に出て、あらかじめ書いておいたリスト通りに材料を仕入れた。

考えてみれば、今年の正月は、まだ緊急事態宣言が出される前で、娘の紗江一家が、大晦日から二日の午後まで来ていたので、大量のお節料理をつくったのだった。

今年は紗江から「お正月には行けない」と、素っ気ないラインが入ったきり、年になって一度のお節づくりの楽しみも無くなってしまったと思っていたので、仙崎という客のあることを、燿子は嬉しく思った。

三十日の夜、大根と人参を膾《なます》用に切る手を止めて、コトコトと、もう三時間も煮ている黒豆の鍋の蓋《ふた》を開け、煮汁を小皿にとって味見をし、砂糖を足したり、塩をひと振り加えたりしながら「これをしないと、一年の区切りがつかないのよ」とひとりごちた。

正月用の花は、昨日のうちに活《い》けておいた。

明日、もう一度鎌倉に行って、新鮮な刺身を買えば、仙崎を迎える用意は、万端整うはずだ。

ほっとひと息つくと、燿子は親友の繁美にラインで、その後の様子を尋ねることにした。

——こんばんは。夜分遅くにごめんなさい。その後どうしてますか？　お時間のある時に、様子を聞かせてください。

すると、じきに繁美から電話があって、健介は、娘たちの計らいで、暮から正月のあいだだけ、なんとか施設に預けることができたという。

「娘たちがいてくれて、ほんとによかった。『このままだとお母さんが潰れちゃうよ』

と言って、『お母さんが、急に検査入院をすることになった』と健介を説得してくれたの。今日で預けて三日目になるけど、早くも三十分おきに電話がかかるのよ。『繁美、大丈夫か？　早く君に会いたいよ』と言って、泣かれるの」

言いながら、受話器の向こうで繁美も泣いている。

燿子は、友にかけてやる言葉が見つからず、ただ、繁美の泣き声を聞いているしかないのだった。

「とにかくあなたは、お正月のあいだだけでもゆっくり休んでね。子どもたちに甘えなさいよ。甘えていいんだよ」

繁美との電話を切ると、二日後に訪ねてくる人のことを考えて、いそいそと準備をする自分もいた。

健介より八歳も年上の仙崎先生が、遠く等々力から、逗子まで来てくれる。

「独り者にとって、お正月はいちばん始末の悪い時期」と、メールにあった彼の言葉は燿子も一緒だったので、彼女もまた救われる思いで、年越し蕎麦の支度にとりかかった。

4

新しい年の朝が明けた。

燿子は、逗子海岸に出て、低い山の向こう、東の空に昇る朝陽を眺め、手を合わせた。

部屋に戻って、昨夜つくっておいた五段のお重を中心に、お屠蘇の盃や取り皿、今年の干支である寅の絵のついた祝箸などを、食卓の上の二枚の盆の上に並べ終える。

用意が済むと、正月の来客用の装いに着替えるために、クローゼットの扉を開けた。長いことお洒落をしていないので、何を着たらいいかがわからない。あれこれ迷った末に、グレーとピンクの花柄の、シフォンのワンピースに決めたとき、仙崎から電話があった。

「おはようございます。今から家を出ようと思います」

「わかりました。どうぞお気をつけていらしてください」

短いやりとりを交わし電話を切り、耳に真珠のピアスをつけていると、緊張で息が浅くなっていくのがわかる。

燿子はコートを着ると、早めに家を出て、逗子駅に向かい、午前十一時には駅で待った。

まばらな乗降客の向こうに、改札口に向かってくる仙崎理一郎の白髪の頭が見えた。

足取りがたどたどしく、その顔には、かすかな緊張が見て取れる。

元日の朝に、電車を二度も乗り換え、二時間近くをかけて自分に会いに来てくれた八十六歳の哲学者。

近づいてくる男の姿を眺めながら、燿子は、なぜかこの場面が、すでに何年も前から定められていたシーンのように感じていた。

やっと。

やっと、私にぴったりな人に、会えたような気がする……。

彼女はそんなことを、わけもなく、自然に、穏やかに思っているのだった。

改札口を出てきた彼に近寄って、

「こんにちは。ご苦労さまです。遠かったでしょう？　お疲れではないですか？」

高揚気味な燿子の言葉に、仙崎は、はにかむような笑みを浮かべて、

「いや、乗り換えが順調だったからね。大丈夫です」

と答えた。

彼の右手に下げたバッグに気づいて受け取る。

「まあ！　こんなにも重いものを。いったい、何が入っているんですか？」

「いや、お宅に行ってからね」

彼が疲れているのでは、と心配だったが、

「海をご覧になります?」

「そうだね。せっかくだから、見ようか」

言い合うと、肩を並べ、歩き出した。

燿子は、一瞬ためらった後、仙崎の右腕に自分の腕を滑り込ませた。

一瞬、仙崎の腕が緊張でこわばったように感じたが、さらにしっかりと彼の腕を取ると、逗子海岸までの道をゆっくりと歩いた。

こんな風に、自然に腕を組むことができるのも、彼の年齢ならではの恩恵だな、などと思いながら。

もし、その人が自分と年相応か、もっと若い男性だったら、こんな行為はとてもできなかっただろう。

こうして腕を組んで歩く二人が、すれ違う人びとの目には〈仲のいい老夫婦〉と映っているに違いない。

「元日の海か。僕にとっては、思いがけないご馳走だ」

目の前にひろがる穏やかな冬の海を、仙崎が感慨深げに眺めている。

その、いかにも知的な横顔を、燿子は、しっかりと心に刻んだ。

目の前の人の年齢が、自分よりもひと回り近くも上で、もうじき八十七歳になると知ってはいても、その年齢差に少しも違和感がない。

側《そば》にいて、不思議な安心感がある。

〈恋の予感〉と呼んでは、あまりに軽く思える、これまでの出会いでは経験したことのない、静かで、穏やかな感覚だった。

海を見たあと、燿子の部屋に着くと、彼が脱いだコートを引き取って、ハンガーにかけ、

「お疲れさまでした。先生。新年おめでとうございます」

と、あらためて頭を下げた。

「おめでとうございます。今日は、お招きありがとう」

仙崎が言い、彼女がテーブルに置いたバッグから、いくつもの品を取り出して、

「これは、今日、二人で飲むワイン。これがあなたへのプレゼントに持ってきた、僕の本」

「まあ、嬉しい！　こんな重いものを、三冊も持ってきて頂けたなんて！」

と感激しながら表紙を開くと、どれにも〈唐沢燿子様　恵存　仙崎理一郎〉と丁寧な万年筆の文字で、献辞が記されていた。

彼の筆蹟を見るのははじめてである。几帳面な人柄がにじむ文字だ。

「どれも、あなたに読んでもらいたい本です」

と言うと、彼はもうひとつの紙包みを取り上げた。

「そしてこれは、お土産。昔、北京に行ったときに、手に入れたものです」

包みを開くと、ちょうど手のひらに載るサイズの、中国の陶細工だった。

髭《ひげ》を生やした二人の老人が、碁を打ちながら楽しそうに談笑している。傍らに立った中年の男がそのおしゃべりに加わっている。精巧な陶細工だ。

「ありがとうございます。なんて豊かな表情なんでしょう！　大事にさせていただきますね」

燿子は言うと、部屋の飾り棚に走って、その陶細工を飾った。

テーブルに着いた二人は、お屠蘇で元旦を祝ったあと、燿子がつくったお雑煮を、ゆっくりと味わいながら食べた。

「先生のお宅のお雑煮も、関東風のすまし汁ですか？」

「いや、妻が兵庫県の出なのでね、白味噌仕立てで、焼き穴子が入っていたな。餅は丸かった気がする」

ひとしきり、地方によって違う雑煮談義に花が咲いた。

重箱のお節料理にとりかかる前に、仙崎が持ってきてくれた、ワインの栓を開けな

がら、

「このワイン、このあいだ、私がお持ちしたものですね」

自然に口をついた彼女の言葉に、仙崎が、思いもよらぬうろたえを見せた。

そして、何度も額を叩いて、

「それは申し訳ない！　僕は、なんて失礼なことをしてしまったのだろう。ごめんなさい。こんな大失敗をするとは！　いや、恥ずかしい」

と詫びを言った。

少し赤面しているようなその顔に、燿子は驚いて、

「どうしてですか？　私、これがどんな味だったのかと気になっていたんです。普段はお酒を飲まないので、店員さんに選んでもらったものが、ほんとに美味しかったかどうか、知りたかったの。先生は、わざわざこれを選んで持ってきてくださった、とばかり思っていました」

正直な気持ちを伝えたが、仙崎はその後もしばらくのあいだ、自分の失敗を悔やんでいる様子で、何度も謝りの言葉を繰り返すのだった。

そんな風に再会した二人は、その日も話が弾んだ。

話題は、またも燿子が質問をし、それに仙崎が答える形で。

先日の会話で、もっとも印象深かったのは、彼の世代の日本男性に、仙崎のように

ジェンダーにとらわれず生きてきた男性がいたのか、という驚きだった。

若い頃から、料理をはじめ掃除も洗濯も、家事の一切を抵抗なくしてきたばかりか、常にセンスのいいファッションで、身を整えている八十六歳。

燿子はこれまで、そんな男性に会ったことがなかった。

「着るものも、ずっと自分の好みで買ってきましたよ。妻に選んでもらったこと？　そんなこと、あったかなぁ。思い出せない」

燿子は、仙崎がどうしてそのような習慣を、身につけたのかを知りたかった。

「それはね、昔、姉が娘の伽耶に言ったという、僕についての論評を聞いて、なるほどそういうことかと、腑《ふ》に落ちたことがあるのですよ」

「腑に落ちたこと、ですか？」

「姉は僕について、『理一郎は、小利口《こりこう》だからね』とか『理一郎ほど、要領のいい子はいない』と、しょっちゅう言っていたそうだ。もちろんそれは、褒め言葉ではなかった。批判の言葉です。最近、どうしてか、その姉の言葉を思い出すんですよ。たしかに僕は子どもの頃から、家のなかの誰よりも、上手く立ち回る子どもだった。親に叱られるようなことは何ひとつせず、父親が死んでからも、どうしたら母の助けになれるかを、瞬時に察して行動できる。そんな僕を、姉は『小利口』と評した。僕はそれを聞いて、そうか、それが僕という人間の〈本質〉なんだと、思ってきたかもしれないな」

そんなことを、さらりと言ってのける仙崎理一郎という人は、「やはり稀有な男だ」と燿子は思うのである。

彼は、子どもの頃ばかりでなく、結婚後の妻との暮らしのなかでも、その小利口さで「上手くやってきた気がする」と、悪びれず言った。

また、仙崎は、燿子が何事にも直感的な判断で言葉にするのと違って、何を口にするのにも、答えを出すまでに、たっぷりと時間をかけた。

自分のなかで考え、吟味《ぎんみ》しつくしたことしか言葉にしない。そんな思慮深さは、燿子にはないものだった。

「結局、僕という人間は、仕事以外のことには、たいして興味がなかったのかもしれません。なぜ結婚のとき永子を選んだのか？　と聞かれたら、彼女が著名な学者の娘であり、東大の大学院生だったからという、打算が先行していたかもしれない。あの頃の僕は、永子という、ひとりの女性への野心で結婚を申し込んだのではなかった。あれはあくまで、社会的な野心ゆえだったと答えるしかない、と思うことがあるのです」

燿子は思わず、

「どうして先生は、他人に対して、そこまで正直になれるのですか？」

と、聞いていた。

「あなたに嘘はつけないよ」

「不思議ですね」

「不思議です。大体こういう話を、僕はこれまで、誰とも、一度としてしたことがないんだ。どうしてだろう、ほんとうに」

燿子は、自分のどんな質問に対しても、嘘がないように答えようとする、彼の誠実な人柄に打たれていた。

そしてその誠実さとは、彼が講座で語る姿を通して、早くから気づいて好感をもっていたものだった。

この人との会話には、「探り合い」というものが、微塵《みじん》も入る隙がない。

過去に、誰かと出会って、ここまで自分に正直に接してくれたと思えたことが、一度でもあっただろうか。

燿子は、かつて自分と愛を交わした男たちとの関係を、思い出していた。

たとえば、無条件の信頼。

互いのありのままを、見せ合うこと。

見せ合って、ときが経っても、互いの情熱が色褪《あ》せないこと。

それらのことは、誰とのあいだでも、ほんの短いあいだならあったかもしれない。

しかし、そんな実感や信頼関係が、長く続くことはなかった。

しかも、ひとりの男性と知り合ってから、こんなにも短時間に、これほど相手の信頼を得たと思えたこともなかった。

燿子は、仙崎の本を読んで、早い時期から、その人の知性と、仕事に取り組む誠実さに信頼を寄せていた。

彼が書いたものは、彼女にとってしばしば難解でありながら、他の人の書いたものとは圧倒的に違う何かがあった。

徹底的にラディカルな姿勢で、自らを追い込みながら、持論を展開していく。自身に対して、一点の妥協も許さず書いていった文章だということがわかる。

燿子は、そんな仙崎の本を読むたびに、私はこの人の「このラディカルさが好きなのだ」といつも思うのである。

「僕は、日本人のもつ浪漫《ロマン》主義というものが、嫌いなんですよ。嫌いというよりも、憎んでいると言ってもいいかもしれない」

そんな風に語る男に、ロマンチシズムを武器にしてドラマを書いてきた女が、惹かれている。

それがミスマッチであるのか、それとも必然と言えるのか。

燿子には、そこがまだわからないのだった。

燿子は、仙崎理一郎の学者としての仕事を知れば知るほど、仕事を離れた日常世界では、ひとりの男の個人生活は、どのようなものだったかに興味が湧いた。

それで直接会ったときには、彼の書物から離れた質問を、あえて投げかけてきたのである。

たとえば、いま老いのときを迎えて、娘の非情さを嘆く父親としての仙崎は、自身の人生を生きている娘の育て方に、失敗したと思っているのだろうか。

燿子がそう問うてみたとき、彼は即座に断言した。

「失敗だったと思ったことはありません。それは妻も同じだったと思います」

仙崎の嘆きは、自分たち夫婦の育て方への、「後悔」にはつながらず、娘の自由な生き方を、批判しているわけでもなかった。

まさに自分自身の、一個の人間としての越し方を、顧みる必要があると感じ始めているようだった。

人生の最晩年を迎えてもなお、柔軟な頭で自己点検し、変化することを怖《おそ》れない。

そこが、仙崎理一郎の稀有なところなのだ、と燿子は思った。

新しい年の元旦に、燿子の部屋でおこなわれた二度目の対話は、午後の七時まで続いた。

約八時間もにわたる対話のあいだじゅう、お節を食べ続けたので、

「もちろん、夕食は要《い》りません。この辺で失礼します」

と言って仙崎が立ち上がり、コートを着終えたとき、燿子は思い立って書棚に走り、過去に書いた、自伝的エッセイ本を取り出して、

「私の本なんて、先生には退屈かもしれないけれど、読んでいただけますか」

と言って渡した。

「ありがとう。読ませていただきます」

彼は、その本をリュックに入れると、

「今日はありがとう。帰ります」

と、もう一度言った。

これから二時間近くをかけて、家に帰る仙崎を、燿子は逗子駅まで送った。

「先生。今日もありがとうございました。失礼なことを、たくさん言った気がします」

「そんなことはない。今日も有意義な対話ができてよかった。お礼を言わなきゃならないのは、僕のほうです」

改札口で向き合って、別れの挨拶をしていると、仙崎の背後で電車の近づく音が聞こえた。

そのとき、仙崎を抱きしめたい衝動にかられ、また彼も同じ気持ちであることを直感して、無言で見つめ合った。

しかし、そこは八十代と七十代の、老人二人である。

人の目がある駅の真ん中で、抱き合うほどの大胆さなど、もちろんあるわけがなかった。

握手とも、手を握り合うともつかぬ、一瞬、指と指を絡ませ合っただけで、互いの手を離すと、彼は振り返り、改札口に飛び込んでいった。

燿子は、その背を見送りながら思っていた。

あのひとに触れたい……と。

燿子は、家に戻ると早速スマホを開いて、さきほど別れたばかりの仙崎に、メールで語りかけた。

――遠いところをお出かけいただき、ありがとうございました。

今日もまた、疲れさせてしまったのではないかと、反省やら後悔やらが渦巻いています。

お家に無事戻られたら、ご一報いただけますように。

――いま、九時過ぎに帰宅しました。

娘と孫が、ワインの失敗に、手を打って笑っていました。

燿子さん、今日も背筋を伸ばして、頑張って生きて行けそうなお話を、ありがとうございました。


仙崎から届いた返信を微笑ましく読んで、迎えた新しい年の、元日の一日が終わった。


翌、正月の二日。

昨日は、次に会う日をいつにするか、相談せぬまま別れてしまった。

燿子は心許なさをかかえながら、昨日、仙崎がお土産に持ってきてくれた彼の本の一冊を読んで過ごすことにした。

と、スマホの着信音が鳴った。

思いがけない、仙崎からのメッセージである。

――昨日いただいたあなたの本を、今日の午後から読み始め、いま感動のうちに読み終えました。あなたの自由な、独り立ちの生き方が、どこからきているかがわかったように思いました。あなたと会えてよかったと、心から思っています。おやすみなさい。


翌朝。燿子は、リビングの床に掃除機をかけながら、昨夜の仙崎のメールを思い出しては、すっかり少女の頃に戻っている自分に気づいて、面映《おもはゆ》い笑みがこぼれた。

しかしいま、それを心から喜ぶことができない。

いい歳をして……。

人はどうしてこうも、「年齢」という概念に縛られて生きているのだろう。

自分も、七十五という歳を忘れられたら、もっと自由になれるのに。

十七歳のときめきを取り戻している自分を、もっと祝福してやれるのに。

「燿子のことだから、また恋をするんでしょうね」

友達の潤《じゅん》に言われたのは、ずいぶん前のことだった。

前の恋が相手の不慮の死で終わって、悲しみのどん底に喘《あえ》いでいた頃、

「そんなこと、あるわけないわ」

と答えたあのとき、あれほど好きだった男の死を知って、くる日もくる日も泣いていた自分は、もう誰かを好きになることなどない、と本気で思っていた。

そんなことは、死ぬまで、もう二度とあるわけがない、と。

なぜなら、理由はひとつ。

もうこの歳だから。

「どうしてないと決めつけるの？　きっとまた誰かを好きになるわよ。燿子のことだもの」

潤はきっと、励ましのために言ってくれたのだろう。

「やめて。もういいの。もう十分よ」

そして、蓮の死から一年も過ぎると、燿子は早くも、悲しみから抜け出している自分に気づいていたのである。

とはいえ二度と誰かにふくよかな気持ちをもつことなどないだろう、と思っていた。

もし、蓮との恋愛が五十歳のころの経験だったら、またいつか……と思えていたかもしれない。

が、もうそんなものを望むことさえ、憚られる年齢になっている。だいたい、七十にもなってから、あのような恋ができただけでも「めっけもの」と思っていたのだ。

それがいま、「いい歳をして……」という自らの声を聞きながら、同時に「何が悪いの？」と、もうひとりの自分が言っている。

七十五歳になって、八十六歳のひとを好きになって、何が悪いの？

燿子はもう、あれだけ好きだったはずの蓮の顔を思い出すことができず、代わりに「先生」の、知的で穏やかな笑顔を胸に甦らせて、どきどきしている。

掃除機をかけ終えると、次に床の水拭きに取りかかった。

何か考え事をしたいときは、できるだけ身体を動かして、集中できる作業をすることにしている。

考えてみれば、齢《よわい》を重ねて、女として見られなくなったことに不平を言いながら、自分も男性に対して同じことをしていたのではなかったか。

「加齢臭のするような、高齢の男との恋愛なんて、真っ平よ」とか、「どんなに莫大な遺産があっても、年寄りとの再婚なんて、想像もつかないわ」とか。

男性の〈女性差別〉に抗議しながら、そんな言葉を平然と口にしていた自分の矛盾は棚に上げていた。

なぜなら燿子にとって「ときめく」ことは、「ベッドを共にする」ことと決まっていたからである。どんなに人間的に素晴らしくても、感覚的に「寝たくない男」には、どうしても恋愛感情が湧かなかった。

脚本家という職業柄、燿子が仕事をともにする相手の大半は男性だった。

もちろんフリーランスの保身のために、「仕事場での男女づき合いはご法度《はっと》」としていたものの、「この人と寝たい」と思える男など、滅多《めった》にいなかった。

自分で食べて行けるようになると、男性が女性を見るのと同じように、「男は、若くて美しいほうがいい」と、身勝手なことを言ってきた。

畢竟、歳を重ねるにつれ、恋愛対象と見る相手は、年下の男になっていった。

「シワシワの年寄りに抱かれるなんて、勘弁して。そんなことをするなら、独りでいたほうが、よっぽどマシよ」

と、我が身を顧みず、傲岸《ごうがん》不遜《ふそん》な暴言を吐きながら。

ところが先日、元日の夜に仙崎理一郎と逗子駅で別れたとき、燿子はたしかに思っていた。

「あの方の肌に、触れたい」と。自分よりも、ひと回りも年上の男の肌に。

じきに九十をかぞえるほど老齢のその男は、もう、性的に男性の機能を発揮できる体ではなくなっているだろう。

それでもいいから、彼に触れたい。

手を握り合い、抱き合いたいと、ときめいていた。

燿子のこれまでの人生で、一度も持ったことのない、まさに革命的な感情だった。

脚立に昇って、押し入れの天袋の奥に仕舞っておいた、段ボール箱を引きずり出し、やっとの思いで下ろすと、すっかり変色したガムテープにナイフを入れて箱を開いた。

ぷんと、かすかな黴《かび》の臭いが鼻をついた。

段ボール箱のなかに眠っているのは、燿子が高校時代から長年のあいだ書き綴った、何冊もの日記帳や、夥しい数の手紙類だ。

できるだけ身軽な生活を送りたいと家のなかの物を、引っ越しのたびに捨ててきたのに、どうしても捨てられずに持ち歩いた、若き日々の心の軌跡。

どの頁を読んでも、若い頃の自分がいじらしいほどに「愛」を、「動かぬ愛」というものを求めていたことがわかる。

そんなものは、少女の頃に読み耽った、文学作品や映画のなかにしかないと観念したのは、結婚と離婚を経験してのちのことだった。

若い頃の自分は、どうしてあれほどまでに、「愛される女性」でありたいと願っていたのだろうと、古い日記帳を読みながら考える。

愛され続けるためには「自分を殺す」のも厭わない、「相手に添う」ことが「女性に生まれた者の務め」と、どうしてあんなにも信じ続けることができたのだろう。

夫からの抑圧を愛の証と錯覚して、なぜあれほどに「尽くす美学」に殉《じゅん》じたいと思ったのだろう。

そして、そんな自らが招いた抑圧に、長いあいだ悩みもがいた末に、燿子はついに諦め、離婚を決意したその日から、「独り」を選んできたのだった。

離婚後、娘の紗江と二人で生きていくために選んだ「仕事」は、彼女を裏切らなかった。

脚本家の仕事は、若い頃から追い続けた「愛の問題」を、現実では無理でも虚構のなかで実現させてくれたので、いつまでも、飽きることなく打ち込むことができた。

もちろんやすやすと成功したわけではなかった。

シナリオライターの養成学校を卒業して、「ドラマの脚本を書いてみないか」とテレビ局のプロデューサーに声をかけられ、深夜の三十分枠に挑戦しはじめた頃、プロの世界の厳しさをまざまざと見せつけられた。

まさにサンドバッグ状態で、叩かれ通しの何年かを送っていたのである。

「こんな少女趣味の綺麗ごとで、視聴率が取れると思っているのかよ」

「キミの書くものは、甘いんだよ。もう一度、出直してこい！」

「もう少し才能があるかと思っていたが、オレの見込み違いだったな」

「クサいよ。人間の見方も描き方も、凡庸で話にならないな。辞めたほうがいいんじゃないか？」

何度罵声を浴びせられ、悔し涙を流したことだろう。

ときにはプロデューサーや演出家から及第点をもらっても、主演女優から、

「あなたは、この私にこんな嘘っぽいセリフを言えというの？　脚本家を替えてもら

えないなら、私が降ります」

と、非情な言葉を浴びせられたこともあった。

いまならセクシャル・ハラスメントとして裁判沙汰になるようなことも、一度や二度ではなかった。

そんな屈辱と自己嫌悪を繰り返しながら、それでも燿子は、いつか、いつかと食い下がって、男たちの要求に応えては、新たな原稿を書き続けてきたのだった。

そして、五十歳になったばかりの頃、遅まきながら彼女の書いた脚本が、突然ゴールデンタイムの連続枠に採用されて、目の前がぱっと開けた瞬間があった。

それからは、これまでの苦労が嘘のように、「唐沢燿子は視聴率が取れる脚本家だ」と評判になって、あちこちの局から、引く手数多《あまた》の存在になったのである。

あの頃は、仕事で一人前になりたい一心で、恋愛をする余裕などなかった。

たまに好みの男に出会って恋をすれば、その恋を一日でも長く続けるために、自我を殺さねばならなかった。

じっさい燿子は、自分が女としても人間としても成長することができたのは、恋愛や結婚といった経験よりも、仕事の苦労のおかげだったと思っている。

そして、仕事で得る社会的評価と比例するかのように、どんどん「強い女」になっていった。

男の、身勝手な要求や抑圧に、唯々《いい》諾々《だくだく》としたがうよりも、「孤独」を友として、自分らしく生きるほうが、どれだけ気持ちがよかったか。

そして気がつけば、「可愛げのない女」、男から敬遠される「鼻持ちならない女」、「嵩張《かさば》る女」が出来上がっていた。

燿子はいま、人生の仕上げのときを迎えて、あれだけ「独り」がいいと思ってきたが、それは本心でも何でもなく、自分に言い聞かせてきただけではなかったか、と考えるようにもなっている。

仙崎理一郎と出会ったことで、前言を翻《ひるがえ》したくなっている。

自分と仙崎の、それぞれが経てきた人生を振り返って、男と女の違いについて、あらためて考えさせられている。

仙崎は、「愛」などという不確かなものよりも、社会的な役割と仕事上の野心を優先して、夫婦の溝を感じるときがあっても、結婚とはこんなものだと思い込んで、研究に打ち込み、ものを書くことで〈生の証〉を築き上げてきた男だった。

いっぽうの自分は、仕事のキャリアと年齢を重ねるにつれ、若い頃に追い求めた「真実の愛」が、遠のいていくのを感じていた。

女の人生に〈両手に花〉はないのだと、自らに言い聞かせ、愛など求めず生きてきたのである。

彼女はいま、押し入れの天袋のなかに仕舞っておいた、若き日の日記帳をシュレッダーにかけるのに、何ひとつ迷いがないのだった。

5

三が日が明けた、四日。

燿子はメールで、元旦に話題になった仙崎の補聴器について、ひとつの提案をした。

彼が、

「長いあいだ使っている補聴器の調子が悪い」

と言っていたのと、燿子がはじめて講座を受けた日、受講生の質問をなかなか聞き取れない様子だったのが、気になっていたのである。

もし補聴器が合わないなら、一度、専門家に見てもらったほうがいいのではないか。そう思い、自分の知っているデンマーク製補聴器の代理店に行ってみないかと提案したのだった。

横浜にあるその店には、半年ほど前に燿子自身、耳が遠くなってきた気がして訪れていた。

検査をしてもらうと、燿子の聴力も年相応に落ちていた。

そのヨーロッパ製の補聴器を装着すれば、たしかに聞こえやすくなったが、いま仕事が減って家にいることの多い身には、高額なそれが贅沢品のように思え、

「もうしばらく様子を見て、よほど不自由になったとき、また相談に来ます」

と伝えていたのだった。

半年前に応対をしてくれた店員が、親切な人だったので、その店に彼を連れて行きたいと思ったのである。

等々力から横浜は少し遠過ぎる気もしたが、思いのほか簡単に、

「ぜひ連れて行って欲しい」

と返事があった。

燿子は早速仙崎と相談して、一月十二日の午前十時に予約を入れ、朝九時半に、横浜駅中央口の崎陽軒《きようけん》の売店の前で、待ち合わせる約束をした。

繁美や潤などと会うときに指定する、『赤い靴はいてた女の子像』の前では、像が小さ過ぎて見つけにくいだろう。

早くもそんな風に、すべてを仙崎目線で考える癖がつき始めている自分に気づき、それがまた楽しかった。

補聴器店での聴力検査は、午前のうちに済むだろう。

ならばその午後は、逗子に来てもらって、また我が家でゆっくりとおしゃべりをし

たい。

それが彼女の願いだった。

元日の夕方、別れ際に互いを強く求め合った、あの一瞬を思い出して、燿子は、二人が会えば、話をするだけでは済まないだろうとも考えていた。

互いの気持ちはわかっていても、やはり実際の行為となると、自分よりも仙崎のほうが越えなければならないハードルが高いはずだ。

燿子は、不思議なほどに、彼の八十六歳という年齢を障害とは思っていなかった。十分に彼の話を聞き、またこのところほとんど毎日、彼の書いた本を読んでいたので、心に芽生えた「信頼」と「愛」は、すでに揺るぎないものになっている。

その上、女性として彼に向き合いたい気持ちを、もう抑えることができない自分も感じていた。

しかし、先生のほうは……と考えると、妻の死から四年以上も経っている。

彼が打ち明けてくれた夫婦のありようを考えれば、女性と肌を触れ合う行為を、もう何年もしていないだろうことは、容易に想像がついた。

二人のあいだの距離を縮めたいなら、意思表示は自分のほうからするべきだろうと考えていた。

――先生。十二日は、補聴器のことが終わったら、横浜でランチを食べて、私の家にいらっしゃいませんか？　夜遅いところをお帰りになるのは大変なので、ぜひお泊まりになってください。パジャマご持参で来ていただき、ゆっくりお話できると嬉しいです。


燿子は多くを書かず、そんな風に単刀直入なメールを送った。

最近の彼女は、こうしたことも率直に尋ねることにしている。

かつては、相手がどう受け取るか、周囲がどう思うかを慮《おもんぱか》るのに、多くのエネルギーを割《さ》いていた。

脚本家としても、「気配りの唐沢」との異名のとおり、自分は才能よりも人間関係の機微《きび》に長《た》けていることで仕事を得てきたのではないか、などと思うこともあった。

そうした気配りや配慮のたぐいが、ある時期から極端に面倒になって、今は「率直がいちばん」と考えるようになっている。

自分に正直であること。それも大きな「老いの利点」のひとつであった。

燿子の率直なメールに対して、仙崎から届いた返事は、更にシンプルなものだった。


――魅力的な提案だけど、その後の仙台行きの予定を考えると、無理かな。ともかくその日の午後は、お宅に寄らせてください。

そんな返信を読んでも、燿子は過去の恋愛初期に陥ったような、不安も揺れも感じることなく、彼の言葉を額面通りに受け取ることができた。

ところがその日、補聴器の店に行くと、いきなり思いがけない問題が起きた。

仙崎が使っている古い補聴器の先端の部品が本体から外れてしまい、彼の耳の奥のほうにあって、「ここでは取り出せない」と言うのである。

明後日には仙台の講座に出かけねばならないので、新しい補聴器をなんとしても、今日中にあつらえて、試聴用に借りておかなければならない。

そこで店員が、近くの耳鼻咽喉科に行って、耳の奥の部品を取り出してもらってはどうか、と勧めた。

医師の治療を受けた後、もう一度寄ってくれたら、試聴用の補聴器を用意できるからと。

そんなわけで、急遽、燿子が仙崎につき添って、クリニックに行くことになった。

仙崎は、高齢者につき添う介護者のような役をさせることになったのを、たいそう申し訳ながって、

「ごめんなさい。あなたにこんなことをさせるなんて」

と、何度も詫びの言葉を繰り返した。

が、燿子にはそんなことが少しも苦にならないのだった。

うきうきと、仙崎の腕に自分の腕を絡めて、クリニックに向かう彼女は、そうした行為が自然にできている自分に、むしろ嬉しさを感じていた。

「仙崎さん。診察室にお入りください」

看護師に呼ばれて、仙崎が立ち上がると、

「奥さんもどうぞ。一緒にお入りください」

と言われ、燿子も咄嗟に立ち上がり、診察室に入った。

補聴器店では、予約をとったときに、

「私の知り合いの、偉い先生です」

と話していたので誤解されることはなかったが、はじめて行ったクリニックでは、看護師ばかりか担当の女医も、燿子を患者の夫につき添う「妻」と思い込んでいる。

そして女医は、彼の耳から無事、部品を取り出した後、

「新しい補聴器をあつらえる前に、ぜひこれまで放っておいた、中耳炎の治療をしたほうがいいですね」

耳の遠い仙崎を気づかってか、燿子の顔を見ながら、今後の治療について説明した。

その説明を、燿子も終始、仙崎の妻を演じながら聞き、相槌を打っていた。

診察室に入ってきた老男老女を「夫婦」と思って疑わない、若い女医や看護師の思い込みが可笑《おか》しく、面映かった。

この年齢になっての「恋人同士」はあり得ない。

この歳になって、仲睦まじい男女のカップルなど、いるわけがない。

それが二十一世紀日本の、世間的な常識なのだ。

「愉快だ。あなたは、僕の奥さんと思われていた」

「そうみたいですね」

「ごめんなさい」

「いえいえ、私も愉快でした」

二人は、いたずらっ子のように笑い合って、クリニックを後にした。

そして、再び補聴器店に戻って試聴用の補聴器を借りると、横浜でランチを済ませ、燿子のマンションに向かった。


キッチンで淹《い》れたハーブティーを盆に載せてリビングに運び、

「お疲れさまでした」

ソファに座る仙崎の前のコーヒー・テーブルに置いた。

「ありがとう」

彼は呟くと、隣に座った燿子に向き直り、改まった様子で頭を下げた。

「あなたこそ、お疲れさまでした。こんなに何から何まで、あなたの世話になるとは……」

「とんでもない。楽しかったじゃないですか」

そして、その言葉を最後に、二人は、何者でもない八十六歳の男と七十五歳の女になっていた。

緊張や、さぐり合いや、手続きなどといったものは何ひとつ必要とせず、自然に互いの唇をもとめ合った。その行為はあまりに自然で、どちらも、一瞬たりとも、違和感をおぼえることがなかった。

最初は互いに、唇と唇を優しく重ねて、相手の唇の柔らかな感触を味わい、いたわり合うようなキスが、ゆっくりと、穏やかに続いた。

やがて、理一郎の舌が侵入してくるのを感じ取ると、燿子はその舌を自分の口の奥へ奥へと誘い込んでいく、官能的なキスで応えた。

次に、彼女の舌が彼の唇に侵入すると、その舌を、吸って、吸って、いつまでも離さない、貪《むさぼ》るようなキスで、理一郎が応酬する。

あるときは優しく、あるときは激しく、互いの唇と舌を、自在に動かし戯れ合う時間が、いつまでも続いた。

燿子は、理一郎とのはじめてのキスが、そのように自然に、当たり前のように行われていることに感動をおぼえていた。

語り合う時間を十分にとったせいなのか、それとも、ともにたっぷりと人生経験を積んだ年齢のせいなのか。

理由はわからなかったが、はじめてのキスが一瞬の齟齬《そご》も感じないものだったために、また、言葉で語り合うよりも、はるかに深く互いを理解し合える〈魂の対話〉のようなものだったために、それが終わったときの二人は、互いを「かけがえのない存在」と無理なく認め合っていた。

やがて二人は、湧き上がった新たな衝動を抑えられず、寝室のベッドに移動した。

燿子は、尊敬する仙崎教授の前で、老いた肉体を晒《さら》すのに、一縷《いちる》の躊躇いも感じなかった。

彼のほうも、身につけていたものを脱ぎ捨てるのに、微塵も迷いがない。

不思議に思うことも、慌てることもなく、自然に生まれたままの姿になると、しっかりと抱き合った。

抱き合いながら、それだけで最上の恍惚と、至福と、深い充足感を味わうことができた。

いま感じている恍惚と至福は、この歳になってからでしか得られないものだと思い、理一郎もまったく同じ気持ちでいることがわかった。

八十代も後半を迎えた彼は、どんなに情熱を持っていても、その情熱がペニスの勃《ぼっ》起《き》という形で具現化されることはなくなっていた。

彼女はそのことに不満を持つこともなく、当たり前に受け止めていた。代わりに、理一郎のしてくれる心のこもった愛撫が、彼の肌合いが、燿子の感性にぴったりだと思うことができた。

元旦の逗子駅で目にした彼の姿に、「やっと自分にぴったりな人に会えた」と思った、あの直感が当たっていたのだ。

燿子は嬉しかった。

やっと会えた……そう思えたことが嬉しくて、泣きそうになった。

先生との交わりは、どうしてこんなに気持ちがいいのだろう、なぜこんなにも、心が震えるほどの幸福感を味わうことができるのだろう。

自然で穏やかな快楽は、本能的な感覚だった。

肌合いと、振る舞い方。それで、その人のすべてがわかる、という感覚。

自分は長いこと、このフィット感をこそ、求めていたのではなかったか……。

互いの肉体を愛撫しながら、されながら、燿子はいま理一郎に聞きたいことを率直に尋ねることができる。

「できなくなったのは、いくつの頃からでした？」

「そうだな、たぶん八十の声を聞いた頃だったと思う」

理一郎も燿子の質問には、屈辱をおぼえることなく、率直に答えることができるようだ。

「そうなっても、欲望はあるんですね？」

「もちろんだよ。肉体の衰えは、男の情熱を少しも減退させるものではない。いやむしろ、勃起しなくなった分、内に燃えさかる情熱が、確かで持続的なものになっている」

そんな話を躊躇わず語り合えることが新鮮で、また刺激的だった。

男は皆、勃起したペニスを女の体内に挿入し、射精に至る行為を〈性交〉と呼んでいる。

また、ペニスが女性の体内に包み込まれているうち、情熱が抑えられなくなるほどに高まり、頂点に達したとき、その情熱を一気に放出する。そして放出してしまうと、先ほどまでの情熱は急速におさまる。冷めてしまう。

それが男というものの、当たり前の生理なのだと思っていた。

ところが、ペニスが勃起しなくなってからも、内なる性欲はなくなってしまったわけでも、衰えたわけでもないのだという。

「もう少し、聞いてもいいですか？」

「もちろん。何でも聞いて」

「勃起しなくても、猛《たけ》る情熱はあるのだとしたら、それは身体のどの辺りで感じるの？　それとも、あくまで精神的なものですか？」

「精神だけではないね。あなたとこうしていて胸がドキドキするし、あなたのここが疼《うず》くように、僕もいま、この辺りがしっかり疼いているよ」

仙崎は言いながら、握った燿子の手を、彼女の下腹部の辺りに持っていったり、自分のペニスの周辺に誘ったりした。

そんな行為が、老いた二人にとっては、穏やかで、優しさに溢れた、愛の行為なのだった。

燿子は、理一郎の手や指で愛撫されながら、彼のペニスを体内に迎え入れることがなくても、若い男とのあいだでは得られなかった快楽を、長く、持続的に味わうことができるのを知った。

そして、どんなに胸がドキドキしても、なかなか硬くならない彼の男性自身を、手のなかで弄びながら、その萎んだペニスが愛しくてならない。

燿子はいま、あらためて実感していた。

十も年上の、尊敬する仙崎理一郎という男の、知性や人柄よりも、自分はまぎれもなくこの肉体と感性を求めていたのだと。

理一郎と会うまでは、彼ほど歳の離れた男との交わりを経験したことがなかった。これまでの人生で、肉体関係にまで至った相手は自分とほぼ同い年か、歳下の男だった。

自分が老齢になったくせに、

「性的な魅力のない、加齢臭のするような老人とのセックスなんて、とんでもないわ」

などと、侮辱的な言葉を、憚ることなく吐いていた。

ところが理一郎は、若い頃から何十年もジムに通って、サウナで汗を流してきたせいか、想像していた老人の身体ではなかった。

胸や背中に、燿子にとって心地良い筋肉の厚みがあり、全身の肌には、柔らかな弾力と清潔感があった。

年齢のわりには少ないものの、老人に当たり前な皮膚のシワやたるみさえ愛しく思える。しがみつきたくなるほどの愛着を感じている。

それが自分でも意外だった。

燿子は、「老人同士の性の営みなど、想像するだけで気味が悪い」と多くの人が思うだろうことを知っている。

しかし、もともと男女のあいだに限らず、互いの情愛を確かめ合い、存在を認め合い、いたわり合うためにある肉体のコミュニケーションは、きわめてパーソナルなものなのだから、他人がとやかく言うものではない。

二人は早くから、互いを世に言う「茶飲み友達」でいいとは考えていなかった。ついこのあいだまで、存在さえ知ることのなかった二人が、男と女として繋がりたいと願っていて、どちらが先でもないその願いが、この日、自然に叶ったのである。

そのことを燿子は、またとない幸運と感じている。

彼女の部屋での、心を許した対話と、深い肉体の快楽を味わって、気がつくと四時間のときが過ぎていた。しかし、

「今日は疲れているだろうから、帰るのは明日にしたら」

との燿子の言葉を、彼は頑として聞かない。

「せめてご飯だけでも食べて行ってほしい」

と勧めても、振り切るように帰っていった。

燿子は、仙崎理一郎という人が、いっときの感情に溺れず、自分の定めた日常の規律を守る人なのだということをあらためて知った。

その日以来、理一郎は毎週一度のわりで、彼女のマンションにやって来ては、一泊するだけで家に帰るという、彼が決めたルールを守り通した。

また、会えないときは、燿子への思いのこもったメールを送ることで、距離を縮めようとした。


——あなたとのキスは、私がそれまでしてきたものと根本的に違っていました。あんなキスをする女性が、いたのか……と。

これまでの長い人生で、女性とあのように「対等な」キスをしたことがありません。

そしてあなたのするキスや愛撫が、あなたの豊かな人生経験によって培われたものだとも感じていました。


(この人は、俺の老いを恐れていない。蔑んでもいない。

向けられた優しさに「いたわり」を感じたら、きっと俺は、こんなにも自由になれなかっただろう……。)老いのコンプレックスに無頓着でいてくれる人だから、自由になることができたのです。

また、あなたの無頓着さが、あなたの知性に基づいたものだとわかり、そんな女性と会えたことを、いま奇跡のように感じています。


——ここでの日常性を取り戻すために、もたもたしています。仕事か、家族か。家族などはすでに壊れている。やはりあなたに会うことからしか、始まらない。

――今日は一日あえて仕事をせずに、ぼうっとして過ごしました。そうしているうち、あなたの言う「老人も幸せに生きる権利がある」ということが、おぼろげながらわかってきました。幸せであることをあえて遠ざける老人を、よく選んでくださった。本当に有難う。

会いたい。

――燿子さん。長文のメールを有難う。十九日はお泊まりで行きます。

来週が楽しみだ。昨夜はジムにも行かずに十時に寝て、今朝は六時に起きて、近所の公園を三十分ほど歩き、例の朝食をとって、パソコンに向かったところです。十九日に備えて体調を懸命に整えています。しかしあなたはタフだね。あなたが元気であることは大きな救いです。これで私も元気になれます。大好きで、大事な燿子へ！

――燿子さーん、いい目覚めであるように！

――今日は充実感をもって帰ってきましたよ。

逗子泊の件は、婿が耳の調子はどうかと尋ねただけ。娘は何も尋ねもしない。老親を何と思っているのだろう。

それでも私は、あなたの充実した愛情と、耳の回復とで、疲れたというよりも、豊かな気持ちで床につきます。

少し早いけど、おやすみなさい。


その後も理一郎は、週に一度のわりで、逗子までやってきた。

そして、会えば二人とも、求め合う気持ちを抑えることができなかった。

理一郎と燿子は、互いの肉体に衰えを感じる年齢になっても、その老いた肉体同士だからこそ、深く、穏やかに、そして長く愛し合えることを、身をもって知ったのである。

＊＊＊

「独りでどのように死んでいくか」しか考えられない毎日を送っていた。

つい昨日までは「哲学者が自宅で孤独死」などという小さな新聞記事を想像しては、

ペシミスティックにもがいていた。

しかしいまは、唐沢燿子のオプティミズムに引きずられ、「規律」と「自由」のはざまで目を白黒させている。

目を白黒させながら「俺はもう、独りではない」と思っている。

それはなぜなのか。

燿子との肉体的なコミュニケーションが、いまの自分にとってかけがえのない「生の証」になっているからだ。

じっさい、乳房やヴァギナを指で愛撫したり、舌で舐《な》めたり、吸ったりする行為のひとつひとつに敏感に反応しては、全身でよろこびを表してくれる、燿子のような女性に会ったことがなかった。

そんな燿子のよろこびを知るたび、彼女への愛情が深まり、高まり、その高まりがいつまでも続く。

ベッドのなかで、

「どうして飽きないんだろう」

「ほんとに不思議。あなたとのキスは、いくらしても飽きないの」

と言い合いながら、何度でも、何時間でも、キスをし合う。

そんなとき、

「しつこいと思わない？」

と、つい聞いてしまう。

「思わないわ。ぜんぜん」

即座に答えが返ってきても、なかなか額面通りに受け取ることができず、

「嫌になったら、いつでも言って」

と気弱に懇願してしまう。

それこそ自分の内につねに居座っている、ネガティブな発想のせいだった。

近頃は、何についても自信が持てなくなっている。

歳を重ねるにつれ、悲観的な人間になっている。

そんな自分と反対に、燿子はいつも、どんなことにも楽観的だ。

「嫌になるなんて、とんでもない。もっと、いつまでも。もっと撫でて」

少女のように屈託なく、あるいは慈母のように優しく言うのである。

ついこのあいだまで、何の努力をせずともやすやすと勃《た》ったペニスが、思うように
その機能を果たしてくれなくなると、誰もが変化にうろたえ、焦り、男としての自信
をなくしていく。

老いた男は、若い女性の「蔑み」を怖《おそ》れている。

老いた男にとって、女の蔑みほど痛いものはない。

そして老いた男の心には、女性から示される「いたわり」さえ「屈辱」なのだった。

ところが燿子は、男の機能を果たさなくなった自分とのセックスを、蔑むことも、いたわりですることもなかった。

この老いた肉体を、まるごと能動的に愛してくれていると感じることができる。

それを僥倖《ぎょうこう》と呼ばずして、何と呼ぼう。

八十数年のあいだ、社交性に欠ける自分の性格をカバーするため、勉学に励み、学者という職業を選び、ひたすらその仕事に打ち込んできた。

大袈裟《おおげさ》に言えば、「学問で思想的な思索を深めながら、自分の弱さをどう乗り越えていくか」こそが、人生の一貫したテーマだった。

更には、己の人間的に欠如した部分を、どう〈普遍的な批判〉や〈独自の思想〉に展開していくかを、仕事としてきたようにも思える。

そんな人生を送ってきた理一郎にとって、唐沢燿子は、それまで会ったことのないタイプの女性だった。

彼女の人並外れた明るさも、社交上手という個性も、そして何につけても素早く判断し、その判断を胸張って言える強さも、どう逆立ちしても真似のできないものだった。

そうした個性は、天性のものでなく、これまでの人生で味わった、さまざまな苦労によって培われたものにちがいない。

いま自分は、長年のあいだ逃れることのできなかった〈ペシミズム〉を、彼女の傍《そば》で生きれば、乗り越えられるのではないか、と思うようになっている。

理一郎は、今日もベッドで隣にいる燿子の横顔を見ながら、考える。

ついこの間までは、こんな出会いが待っているなど、チラと想像することさえなかったのに。

これは夢だろうか……。

「燿子さん、どうしてあなたは、ここにいるの？」

「どうして？　だって、ここは私の部屋よ。

理一郎さん、あなたはどうして、ここにいるの？」

燿子も訊ね返してきて、二人心から笑い合う。

そして再び、互いの肩と背にしっかりと腕を回して、きつく、固く、抱きしめ合う。

かけがえのない時間だった。

6

幸せの絶頂かと思っていたとき、思いがけないことが起きた。

ある日、理一郎が、何の前ぶれもなく逗子に訪ねてきて、切り出したのだ。

「この話を、いつ燿子さんにするべきかと、ずっと考えていました。なかなか勇気が出せなかった。あなたに幻滅されるのが怖かった。でも、今日はお話ししようと思います。聞いてもらえますか」

理一郎の、改まっての告白は意外なものだった。

彼は、四十代のはじめ、仙台の国立大学に哲学科の助教授として赴任した。その後、四十七歳で教授となり、六十三歳で定年を迎えるまでの二十三年間、仙台の地に住まいをもうけ、毎週末に東京の家族のもとに帰るという、二重生活を続けていたという。多くの勤め人がする単身赴任の形だった。

その仙台時代に始まったある女性とのつきあいが、何度も間隔を置きながら、燿子と出会うまで、約三十年ものあいだ続いていた、と打ち明けたのである。

五十代半ばの理一郎と出会った当時、木田晴美《きだはるみ》という女性は、仙台市の美術館で学芸員として働く、まだ三十代の既婚者だった。

晴美の勤める美術館で『ベルナール・ビュッフェ展』が開かれたとき、理一郎が、その展覧会のイベントの講師として招かれたのがきっかけだった。

「以前、あなたに〈擬制の結婚〉と言ったのは、そのことも含まれていたのです」

自分にとっての永子は、ずっと社会的な意味での「妻」だったような気がすると。

いまにして思えば、学者の先輩として尊敬し、信頼も寄せていた妻を裏切っていたのだが、夫のほうにはなぜか、裏切りの自覚も、後ろめたさもなかったそうだ。

「僕もその女性も、真っ当な結婚というものをしていなかった。僕は、彼女とそんな関係になりながら、妻に対して罪悪感をもたなかった。彼女も同じだったと思います。そして僕たちは二人とも、それぞれの結婚相手と別れなくてはと考えるほどの情熱もなく、どちらもが涼しい顔で〈擬制の結婚〉を続けていたのです」

が、燿子は、その話を聞いて驚きはしたものの、なぜか不快には思わなかった。告白をするときの理一郎が、あまりに正直だったからかもしれない。

打ち明け話が、すでに過去のこととして話されている、と感じたからかもしれない。

「なるほど。それで、だったのね？　私は先生が、想像していたよりもはるかに女性の扱いに慣れていらっしゃると思ったの。はじめて抱き合った日に。永子さんとは、もう何十年ものあいだ夫婦の交わりをされていなかったと、想像はついたので、どうしてこんなにお上手なのだろうと、不思議に思っていたのです。そうか。そういうことだったんですね」

と言いながら、不思議と嫌悪感や嫉妬といった感情は、湧いてこないのだった。

結婚後、何十年ものときを経ると、夫や妻とは別の出会いを経験するという話は、よくあることだ。

また、出会った相手と不倫の関係になりながら、婚姻関係を壊さず続ける夫婦が、山ほどあることも知っている。

珍しいことでもなんでもないと、燿子は彼の話をクールに受け止めていたのである。仕事柄、愛の話は社会的な規範や倫理の物差しで片づけられる問題ではないことを、燿子はたくさんの男女の関係を取材してきて知っていた。

そういう生き方は、自分にはとてもできないと思ったが、不倫の関係に陥る人たちを、非難する気にはなれないのだった。

自分も過去に、結婚している男との恋を、十五年もの長きにわたって、続けていた経験があった。その間、あれこれ悩み苦しんだ記憶があったので、理一郎にも相手の女性にも、批判や嫌悪の気持ちが湧いてこない。

むしろ、彼女が長い間考え続けては、答えを出せないできた「結婚制度自体への疑問」にまた行きあたったとの思いだった。

それよりも、燿子との出会いを含め、八十代の半ばになってもそのような人生の課題と向き合っている、男の生命力に驚嘆していた。

「正直に話してくれて、ありがとうございます」

続けて、

「それでその方とは、今も、続いていらっしゃるのですか?」

と冷静に尋ねた。

するとと理一郎は、しばらくのあいだ考えたのち、答えた。

「師弟のような信頼関係は、続いていました。でも、もう昔のような関係ではない。あなたと会ったからには、彼女とはもう、二度と、以前のようにはなれない」

「どうしてですか？　もう何十年も信頼関係が続いてきたのに、どうして？」

「前にも話したように、八十の声を聞いて、僕が男でなくなった頃から、男と女の関係は自然消滅のかたちで終わっていました。しかしある時期から、仙台の市民講座のまとめ役を任せていたために、仕事上のパートナーのような関係は続いていた。でも、信じてください。僕と彼女は、もう男と女ではない。

燿子さん。僕は、ひとりの男として、あなたのように対等なキスをする女性と会ったことがない。本当に、この歳になってはじめてなんだ。こんな人と会ってしまったら、もう他の女性と触れ合うなどできるわけがない。それほど器用な男でも、人でなしでもありませんよ」

彼は、絞り出すように言った。

「いまになって考えると、僕と彼女との関係はまったく対等な関係ではなかった。あなたを知って、そのことがわかったんだ。彼女には、私が言わなくてもわかるでしょうが、できるだけ早く、あなたのことを話すつもりです」

理一郎がそう言って、その話は終わったのだった。

が、彼に会えない日は、先生はなぜ私にわざわざあんな話をしたのだろう、あんなことを聞きたくなかった、と思うこともあった。

燿子はこだわっていた。

仙台と東京、と離れているとはいえ、理一郎と木田晴美という女性とのあいだには、三十年以上も続いてきた信頼関係があったはずだ。

三十年という歳月の長さは、あまりにも重い。

燿子は、二人が重ねてきた時間の長さに嫉妬していた。

それに、どうして晴美は、仙崎夫人が亡くなった後も、彼のもとに走ろうと思わなかったのだろう。不幸な結婚だったなら、なぜ夫と別れようとしなかったのだろう。

その疑問が拭いきれない。

しかし理一郎は断言した。

どちらからも「離婚して、あなたと一緒になりたい」と言い出すことは、一度もなかった、と。

そしてもちろん、二人の関係はどちらの家族にも発覚することはなかった。

「僕と彼女とは、どんなに歳月を重ねても、あなたと僕のような対等な関係を築くことはできなかったし、これからもあり得ません。しかも、つきあいがこれほど長いあいだ続いたのは、二人とも、家族のほうが大事だったからなんだ」

そう聞いても、ほんとうなのか、と思ってしまう。

燿子は、誰との関係においても、相手のなかに〈偽り〉を意識するか、自分のなかに冷めたものを感じると、それを機に愛情関係を維持することができなくなった。

また、前夫と離婚した後、自立を果たしていくにつれ、人生でいちばん大事なものは〈自由〉だという価値観をもってきた。

偽りの持続よりも、自由にともなう〈孤独〉のほうが百倍もマシだと思い、生きてきたのである。

そしていま、思いがけず出会った相手は、自分の価値観を押しつける男ではない。妻の永子に対しても、長いあいだ不倫関係にあったという、木田晴美に対しても、彼女たちの自由を尊重する男だった。

男性のなかには、女性との愛情関係には一義的な価値を置かず、「大事なものは仕事以外にはない」という類いの人が多くいる。理一郎も、そんな男の一人だったのかもしれない。

そんな男が、人生の最終盤のときを迎え、〈偽り〉を捨てて、自分とのあいだに見つけた〈真実〉を選びたい、と言っている。

燿子もできることなら、その八十六歳の男の気持ちを、受け止めたいと思っている。

それで彼女は、会えない日の長いメールで、彼への甘えをぶつけてみる。

——目が覚めて、あなたとのことを考え出して数十分。

頭に渦まいていることを整理できるかどうか？　そもそも整理する必要があるのだろうか？　などと考えているうち、また質問をぶつけたくなった。

もう、あなたがこれまで経てきた人生の、具体的な道のりの類いは、聞かずともいいような気がする。

それよりも、もっと問うてみたいのは、もう少し哲学的な命題？

私自身のことで言えば、ついこの間まで「孤独をいかに受け入れるか」についてばかりを考えていた。

でも、あなたと会ってから、私は変わった。

いまは「孤独」を考えるよりも、「一致」の安堵感について、考えている。

私がぶつけてみる「問い」に答えようとして、あなたほど、同じところから考えようとしてくれる、答えようとしてくれていると思えたことは、過去の男性とのあいだでは一度もなかったから。

ねえ、先生。このようなことを投げかけたら、先生はどんなボールを投げ返してくれますか？　ご自身の研究から、ちょっと離れての思考とやり取りから、何かが生まれるのか？

それとも、やっぱり馬鹿馬鹿しい徒労だったと気づいて、やめるのか？

つきあってもいいと思われたら、この漠とした問いかけに、何か返事を頂けますか？


――燿子さん　今朝、遅い朝食をとってパソコンに向かったのは十時過ぎでしたが、そこであなたの重いメールに接し、その回答の重要さを知ればこそ、その前に解決すべきこと、ワクチンの三回目の接種予約という面倒なことを終えておきたいと思い、やっとそれを今、終えたところです。

二月六日に接種することにしました。

この度の出会いを、あなたは運命と言ったけど、この運命的な出会いに感謝しています。

あなたとの出会いについて書いてみます。

でもこれは、哲学的な回答ではありません。

私はしゃべれる人に会いたかった。だからイタ飯屋でのしゃべれる女性・唐沢燿子との出会いは、大事件であったのです。

しゃべれる関係というのは、本質的な対等さがなければ生まれないのですよ。

だからしゃべれる人間・唐沢燿子というのは、幸運な大発見であったのです。しゃべれることは、学識の問題でも趣味の問題でもなく、自立的人間としての対等さだと思います。あなたの本を読むと、独り立つ女性の存立をつくづく感じますね。

この人間的な対等さを、おしゃべりだけでなく、キスにおいても感じます。僕はあなたと、初めて本当に対等なキスをしたと思っています。

一昨日、あなたが脚本を書いたというテレビドラマを観て、「あなたを尊敬する」と言ったのは、出まかせの褒め言葉でも、おべんちゃらでもない。主人公に寄り添う人間・唐沢燿子に感動したからです。

本当に「人」を必要とする、八十七歳になろうとする老人にとって、唐沢燿子の出現は天の恵みです。あなたと対等のおしゃべりを、対等のキスを、いつまでもしたいと思っています。

これはあなたの質問への回答ではなく、ラブレターですね。

さ、もう二時過ぎだ。これから昼飯を何とかごまかさねばなりません。

――お返事ありがとうございました。

今朝起き抜けに、二日間共に過ごして、会話したことを思い出しているうち、突然先生に何か問いかけてみたくなって、ベッドで横たわったまま、あまり意味のないことをスマホに打ってお送りしました。哲学的なんて言ったけれど、そんな大袈裟な意味など何もなく、ただ単に戯れの衝動に過ぎなかったなと改めて思い、その後起きてからも、ずっと先生と自分との関係について考えていました。

そして、今朝の問いかけよりも、これからお伝えすることのほうが、より重要なことかもしれない、と。

先生との出会いは、私にとってはたぶん（これも少し大袈裟に言えば）人生最後の仕上げの「恋」、あるいは「パートナーシップへの願い」といった思いがあって、それがはたして、先生の望んでいらっしゃることと一致しているのだろうか？　と考えていたのです。

そこに先生は、少しの齟齬？　あるいは疑問？　あるいは不安？　を感じていらっしゃるのかもしれないな、とも思ったり。

もちろん、いつものように「大好き」「これは運命よ」と言って、これからもゆっくりと時間をかけて、この幸せな日々に疑問を抱かず、育《はぐく》んでいくのでいいのでは？　とも思うのですが……。

私は「私たち老人も、日々を幸せに過ごす権利がある」と言いました。

そしてその、私たちの幸せとは何だろう？　と考えるとき、先生も私も、人生の最終段階の日々を「どう生きるのか？」ということだと思っています。

先生はおしゃべりの相手を求めている、身の回りのお世話をしてもらえる女性を求めていらっしゃる。そして、そんな風に現実の日々を踏まえた、たいへん正直なお気持ちを、私はわかっているつもりです。

でも、先生のそんな正直な要求に、はたして私は十分に応えられる人間なのか？　と考えては、たじろぐ自分もいます。

その前に「私は先生に対して、どんな男性像を望んでいるのだろう？」と思ったりもするのです。

今の私は、先生にどんな男性を求めているのか？　という点を、少し厳密にお伝えしたいと思います。

先生はこれまで、ずっとご自身の研究と学問だけに生きてこられた方だから、今の日々のお気持ちは、とても自然で正直なことなのだと思います。でも、生涯を通じて打ち込んできたものなど何もない私には、やはりわからないところがあります。

言ってみれば、私は、「自分の生き方」だけをずっと考えて生きてきた人間です。

でも先生は、ご自身の生き方よりも、すべての関心が学問と研究のほうにある方です。

互いのあいだにそんな違いを感じると、私はたじろぎ、当惑してしまうのです。もしかしたら先生にとって、私との出会いや語り合いは、それほど重要ではないのかもしれない。ただ何か、少しの隙間や退屈を埋めるものに過ぎないのかもしれない。

「一緒につくりあげる未来」みたいなものを、先生は必要としない方だという気がして、そこに寂しさのようなものを感じることもあります。

先生が、いまも日々、ご自分が過去に書かれたものを読み返しては、自己確認されているところに、私はいない。そこに私という人間は必要じゃない。となると、私と先生の接点はどこにあるのだろう、と。

その点で言うなら、これまで長い歳月をかけて培ってこられた、仙台の女性のほうが、先生にとって、かけがえのない存在ではないのか、と。

今朝の衝動的な問いかけは、そんな私の気持ちから出たものだったのでしょうね、きっと。単に暇つぶしのような「おしゃべり相手」でなく、もっと二人で、「二人だけで培い合うものが、私にも欲しいよ」というのは、単なる嫉妬なのでしょうかね。自分でもよくわからないけど（笑）。

でも、嬉しかった。これからも先生と、対等なキスをし続けたい。

その気持ちに、私も迷いはありませんよ。

ここで長い返事は書きません。私も、最後のパートナーとしてのあなたに出会えたと思っているのです。それは学問的関心の共有関係などとは、別の問題です。ここですべてを語ることはできませんが、大事な問いかけとして、これからもお話ししていきましょう。

――耀子さま

中耳炎の治療も無事終わって、理一郎はついに新しい補聴器を手に入れた。

耀子は、二人のコミュニケーションを円滑にするために、「自分と同じ機種のスマートフォンを手に入れてもらえないか」と提案した。

彼が相変わらず携帯で文字を打つのを、億劫《おっくう》がっていたからである。

同じ機種にしてくれれば、耀子が使い方を教えることもできる。辛抱強く教えればラインも使えるようになって、メッセージの交換がよりスムーズになるはずだ。

耀子の提案に、理一郎は嫌な顔ひとつせず従って、ある日横浜に出ると、店内で四時間もの説明を受けた末に、最新のｉＰｈｏｎｅを手に入れた。

カフェに入ってスマホの操作法を説明していたとき、偶然その新しい機種に着信があった。

——先生。お元気でいらっしゃいますか？

送り主は木田晴美で、「今月も講座に来られる日を楽しみにしている」という趣旨の、短いが心のこもったメッセージが綴られていた。

それを読んで、突然、燿子の気持ちが硬化した。

「いつまでこのままでいるつもりですか？　はっきりして頂かないと！」

思わず棘《とげ》のある言葉が、口をついて出た。

「彼女には、できるだけ早くあなたのことを話すつもりです」

と言っていたのに、まだ続いていたのかと腹が立った。

それでなくても口数の少ない理一郎が、木田晴美の話になるとさらに口が重くなる。包み隠さず話してくれたらいいのに、弁解めいたことは言いたくない人なのだ。

燿子は、そうとわかっていながらもどかしく、いつまでも答えを引き出せない自分にもがき、黙り込んでしまう。

そんな大人気なさに苛立ちながら、横浜駅で気まずく別れることになった。

改札口を一緒に入ったものの、燿子はさよならも言わず、振り返りもせず、別のホームに上がっていった。

その夜遅く、理一郎から長いメールを受け取った。

——燿子さん。あなたに何をどう説明したら納得してもらえるのか。いや何をどう話しても納得してもらうなど、ハナからできないことなのかもしれない。が、この度のあなたとの出会いを、私はどう考えても手放すことはできないので、このメールを記すことによって、あなたの疑念を少しでも解消できるなら……と、一縷の望みにすがって、最も苦手なことをしてみようと思います。

まず、仙台の女性には、先ほど以下のようなメールを書き送りました。

「私は最近、唐沢燿子さんという女性と出会い、今後は彼女と生きていくという決心をしたところです。唐沢さんは、私の講座に受講しにきてくれて知り合った、テレビドラマの脚本を書いている女性です。そのことについて、きちんとお話がしたいので、次に仙台に行った日に、お会いしましょう」

概《おおむ》ねそんなメールで手短に伝えました。

そして先ほど、彼女から「もう二度と会うことはない」との返事を受け取ったところです。

木田晴美との長いつきあいが、このような形で終焉《しゅうえん》することになった事実をお伝えするだけでは、あなたの納得は得られないでしょうから、これまでの経緯についていて、できるだけ正直にお伝えしてみます。

前にもお話ししたように、いまから三十年ほど前、私は仙台の美術館で行われた『ベルナール・ビュッフェ展』の関連企画で、フランス哲学と文学に関するレクチャーに招かれ、美術館の学芸員であり、そのイベントの企画者だった木田晴美と知り合いました。

その後、レクチャーの礼にと招かれた食事の席で、彼女が問わず語りでする身の上話を聞くことになりました。

当時、三十代の半ばだった彼女は、東京の大学を卒業して、故郷の仙台に戻るとすぐに、地元の旧家に嫁いだ女性で、私と会ったときはすでに二人の子を持つ母親でした。

古い因習の根強い地方都市で、裕福な婚家の両親と同居し、嫁と、妻と、母親の三役をこなしながら「どうして美術館で働いているのか」と問う私に、「この土地で名家の嫁に求められるのは、跡継ぎを産み育てることと、家事万端をとり仕切る労働力だけです。私が私自身であることが許されません」と言ったと記憶しています。

そんな境遇のなかで、「嫁として頑張り続けるためには、自分だけの世界が必要なのだ」と。

週の大半を、単身赴任のかたちで仙台に暮らす私は、晴美の明るい人柄や面倒見の良さに惹かれていき、晴美のほうも、夫からは得られないものを私に求めていったように思います。

当時の私は、週末の金曜日に東京の家族の家に戻り、妻と娘のために良き夫と良き父親の役目を果たすと、月曜日の早朝、新幹線に乗って仙台に戻るという二重の生活をしながら、なぜか妻や娘を裏切っていると考えることはなく、そんな私の背信が家族に発覚することもありませんでした。

それも、姉が繰り返し言っていた「理一郎は要領がいい」という、生来の個性ゆえと解釈して、さしたる罪悪感をもつことなく、上手くやっていたのでしょう。

私の研究が評価を得て、何冊もの書籍を出版するようになると、妻の永子は「よく頑張っているね」と、私の学者としての努力と成果を評価してくれましたが、自分が打ち込む研究に忙しく、夫が出版した書籍を手に取ることはあっても、読むことはありませんでした。

代わりに、晴美が私の書くものの、最初の読者となって、私は彼女のすぐれた批評の力を、頼りにするようになっていきました。

その間、彼女の家庭の事情で、一年も二年も会わない時期もありましたが、また会いたいと言ってくれれば、すぐに受け入れ、定年後、東京に戻ってからも信頼関係は続きました。

妻は、私が家に戻ると、家内の一切を手際良くこなす私に頼りきっていたので、私も、そんな二重生活をおくる自分の夫としてのあり方に、疑問を持つことも、後ろめたさをおぼえることもありませんでした。お互いが、別の分野の仕事に打ち込んでいるのだ。妻が夫の研究に関心がないのは当然のことだし、夫婦は仕事の上で互いを干渉し合わない方がいいのだと、考えていたのです。

人は、自分の手にしていたものを失ったとき、はじめて不満や喪失感を持つものなのでしょうが、結婚した当初から、私が妻のサポート役でしたから。

私の人生にとっていちばん大事なのは、哲学の研究で成果を上げることであり、永子も、娘の伽耶も、自分を尊敬し頼りにしてくれる晴美の存在も、どれもが大事なのだと手前勝手に思っていました。

そして、それらのすべてを難なくこなしているのも、要領の良さを含めた私の男としての能力ゆえと、自惚《うぬぼ》れていたのです。

六十三になったとき、私は定年を迎えて、東京の家族のもとに戻ることになります。

今にして思えば、そのときが彼女との関係に終止符を打つ、チャンスだったのかもしれません。ところが私は、「仙台でも先生の市民講座を開いてくれるなら、自分がその講座の世話役を買って出たい」という晴美からの提案を、有り難く受けることになりました。

そうして仙台での市民講座に、月に一度のわりで通い続け、晴美との関係も細々ながら、続くことになったのです。

家でたくさんの役目をこなしながら、美術館の仕事も続け、その上、市民講座も手際良くとり仕切る彼女の逞《たくま》しさに、私もまた頼るようになっていったのです。私が高齢になって、自然に男女の関係がなくなっても、良き話し相手であり、信頼に足る女性であり続けました。

妻がこの世を去ってからは、たまに会う彼女が、老いの孤立感を深めていく私を励まし、支える役目を果たしてくれていたのかもしれません。

しかしその間、彼女は一度として「離婚」を口にすることはなく、私のほうもそれを望んだことはなかった。

かつては、自分の不幸な結婚を嘆いているばかりだった晴美という女性を、長年見守ってきた私は、いま六十代を迎えた彼女の逞しい成長ぶりを、眩《まぶ》しく頼もしく眺めながら、この人との信頼関係は、自分の死のときまで、細々と続くのだろうと思っていたのです。

唐沢燿子と会うまでは。

あなたと会ったいま、私は人生ではじめて、本来的な「男女の愛」というものを知ったと思っています。

妻とも木田晴美とも、長いときをともに過ごし、それぞれの人間としての価値や能力を認めてきたが、いまあなたと交わしているような結びつきや一体感、もたらされる安らぎは、彼女たちとのあいだにはなかった。

それだけは信じてください。

仙崎理一郎

数日後、仙台から戻った理一郎から、「会って話がしたい」と電話があった。

横浜で気まずく別れた日から、まだ一週間しか経ってないのに、もう一ヶ月も会えなかったような気がする。

翌日。待ち合わせのカフェで会うなり、いきなり理一郎が言った。

「もう会わないと言っていた彼女から、講座の当日の朝になって、電話がありました。やはり一度だけ、会いたいと」

なんて正直で、なんて不器用な人なのだろう。

燿子は、少年のように怯えている老人の顔を見ながら、彼の姉になったような気持ちで尋ねた。

「それで、お会いになったのですね?」

「会いました。これでもう、二度と会うことはありません。だからどうか許して欲しい。僕には燿子さんが必要なんです。別れるなどと言わないでください」

理一郎は、いまにも泣き出しそうな顔で言い、深々と頭を下げた。

「先生。私は別れたいなどと一度も言っていませんよ。ただ、彼女とのことをはっきりさせて欲しいと言っただけで。私も、先生と別れたいなどと思っていません」

「でも、先日のあなたは尋常ではなかった。もう終わりかと思って、絶望的な気持ちになりました」

燿子は、理一郎のそんな姿を目《ま》の当たりにして、気の毒になってきた。

この人に比べて、なんと自分は世間ずれしているのだろう。

最初に晴美の話を聞いたときは、なぜか不快感をおぼえることもなく、あれほど寛容に振る舞えた自分が、彼女のメールを直接目にしたときは、平静を保つことができなかった。

嫉妬の感情が噴き出して、抑えることができなかった。

理一郎と晴美という女性が過ごした、三十年という歳月は、あまりに長いものに思われた。

自分と会ったからといって、その長い歳月を帳消しにするなど、できるわけがない。

自分もこれまで、何人かの男と愛情関係をもってきたが、誰とのあいだでも、ひとたび別れのときを迎えるや、過去のいっさいを断ち切って生きてきた。

しかし、理一郎にそれができるとは思えない。

聞けば木田晴美は、

「私は、ずっと先生に甘え通してきました」

と言って、泣き続けていたという。

泣きながらも、彼を引き止めることはなかったという。

「僕には、彼女の言っている意味がわからないんだ。彼女は、何を言いたかったのでしょうね。甘え通しだったとは、どういう意味だったのか……」

自身の学問ではあれだけ鋭い洞察力を持ち、あれほど厳しい文章を書く人が、こと自分の人生に関しては、こんなにもイノセントだったのか……。

「あなたは、甘えられていたとは思わなかったのですか？」

聞かれて、彼は考え込んだ。

そして、長い沈黙の末に、

「思いませんでした」

とひとこと言った。

三十年ものあいだ、不倫の関係にあった大人の男女が、いったいどういうつき合い方をしてきたのか。燿子は、ますますわからなくなっていた。

そして、いきなり、

「きっとお二人は、長いあいだ、恋愛ごっこをされていたのですよ」

と、思わぬ言葉が口をついて出た。

なんて意地悪な見方だろうと思ったが、仕方ない。

晴美は燿子について、

「先生にとっては、またとないほど良い方と出逢われたと思います」

とも言っていたという。

燿子は思った。

つまり、木田晴美はこの期《ご》に及んでも、仙崎理一郎を選ばなかったのだ。

二人の男女が、それぞれに家庭を持ち〈不倫〉に陥る関係は、世の中に山ほどある。

そして、それを世間に知られぬまま続けるのが、〈大人の関係〉と言われてもいる。

燿子は、男と女の愛についてのドラマをたくさん書き、そのような関係も熟知していたつもりだった。

が、熟知していることと、賛同できることとは違う。

自分には、晴美という女性の真似は到底できない。

不倫の関係を長いこと続けてきた二人は同罪なのに、男よりも女のほうを批判していた。

以前、理一郎は、彼女の存在をはじめて燿子に打ち明けたとき、

「あまり幸福とは言えぬ結婚をした女性です」

と言っていた。

燿子は今こそ聞かねばならなかった。

なぜ彼女は、そんな不幸な結婚生活を捨てて、尊敬する仙崎理一郎のもとに走ることがなかったのかと。

追いつめていることはわかっていた。

それでも聞かなければならなかった。

晴美が守り続けてきた「家族との人生」を、理一郎は会うたび黙って聞き続け、ときにはアドバイスを授け続けてきたのだ。どうしてそんなことができたのか？

「いわば、教師と教え子のような関係なんですよ。最初からずっと、それは変わらなかった」

「いま先生が、老いの孤独や不安と闘っていらっしゃるのを、彼女は知っているのでしょう？　それも、見ていただけなんですか？」

「彼女には、子や孫や、彼女を頼りにしているたくさんの家族がいるんです」

と晴美を庇《かば》う言葉を繰り返し、

「この三十年、自分が彼女とともに生きる姿など、想像したこともなかった」

とも言うのだった。

聞くうち燿子は、二人の「三十年」をあまりに重いと思っていたが、彼にとっては、晴美と自分の「どちらを選ぶのか?」を迫られる問題ではなかったのかもしれない。

理一郎が、木田晴美との関係はもう終わったのだと言うなら、そして、

「僕には燿子さんが必要なんです」

と言うのなら、あとは燿子自身が、彼と一緒に生きていく明日を、望んでいるか、どうか。

いま、「別れると言わないで欲しい」と訴える彼の言葉を、信じられるか、どうか。

そして、愛の価値に月日の長さなど関係がないと、思い切れるか、どうか。

選択を迫られているのは、自分のほうなのだ。

じっさい、老いの孤独と闘っているのは、理一郎ばかりではない。

燿子もいままさに、迫りくる老いと闘っていて、自分のこれからの人生にも理一郎が必要だと思っている。

彼が私を選択してくれたように、私もまた彼を選択しているのは明らかだ。

燿子は、あらためて思っていた。

互いの一度きりの人生の、最後につかんだこの愛を、理一郎と二人、いたわり合いながら生き切りたい、と。

7

買い物から戻ったマンションの郵便受けに、淡い虹色の人目を引く封筒が届いていた。

何のDMだろうとエレベーターの中で封筒の裏を見ると、差出人に杉崎《すぎさき》潤の名があった。

潤が膵臓《すいぞう》がんだった夫の孝之《たかゆき》をおくったのは七十のときだったから、もう五年も前になる。

潤は、いまでも夫婦で経営していた画廊喫茶を守り続けていたが、新型コロナの影響で、客足が途絶え気味だと嘆いていた。

「この店を使って、なにか新しいことができないかと、考えているの」

いつぞやの電話で心細げに言っていたが、なにか始めることになったのか。

部屋に戻って封筒を開ける。

『フェミケア・サロン　ＪＵＮ』という洒落たパンフレットは、きっと美大出身の潤が自らデザインしたものだろう。

いかにも女性好みのパンフレットとともに、彼女の自筆の手紙が入っていた。


燿子さん。お元気ですか？

私にも、やっと、チャレンジしてみたいと思えることが見つかりました。

更年期や閉経を迎えた女性たちを対象に、心身のケアをするサロンを開くことにしたの。人生百年時代。年をとっても、女性がいつまでも美しく、輝いて生きるためのサロンをね。

オープンはパンフレットにある通り春先だけど、ちょうど内装工事も終わったところだから、遊びに来ませんか？

もし燿子が新しい恋をしているなら、必ずあなたに役立つメニューを伝授してあげるわ。来られそうな日があったら電話をください。待ってまーす。


そんな、元気の出る手紙だった。

やっぱり、女は強いな。

燿子は、孝之をうしなって、子どももいない潤が、

「ひとりで死ぬのが、怖いのよ」

と、泣くばかりの日々を重ねていたのに、七十五歳のいま、ひとりで起業をすることになったと知って、「女は強い」と思わざるを得ないのだ。

これが日にち薬というものなのか。潤は、新型コロナの自粛期間にあっても、前向きに、着実に、明日どう生きるかを考えて、行動していたのだ。

一刻も早く顔を見てお祝いが言いたいと、早速、花束を持って、世田谷の潤の画廊喫茶を訪ねた。

外壁に、冬でも蒼々《あおあお》としたアイビーの蔓《つる》のからまる画廊喫茶は、夫の孝之が生きていた頃と何も変わっていなかった。

燿子はふと、ドアの向こう、カウンターの奥でサイフォン・コーヒーを淹れている、ありし日の杉崎孝之の人なつっこい笑顔を思い出して、彼がまだ生きているような錯覚にとらわれた。

が、ドアを開けると、店内の景色は一変していて、いかにも女性好みなパステルカラーのインテリアに整えられ、とても温かな雰囲気に包まれている。

入り口のすぐ奥に受付カウンターがあって、その右側に、施術中は開け閉めをするのだろう、淡いグリーンを基調に色とりどりの草花が咲く、イギリスの庭を模したようなカーテンが下げられていた。

広い部屋の真ん中には、エステサロンやマッサージ店にあるような寝台が置かれている。

以前、世界中から集めたという、コーヒー・カップの並んでいた壁際の棚は、新たにガラス製の棚に変えられていて、そこに夥しい数のアロマオイルの瓶が並んでいた。

「実は、こんな店を始めようと思ったのは、燿子のお蔭なのよ」

潤は、夫に先立たれて泣いていたとき、七十になって十五も年下の男と恋をしていた燿子に、大いに刺激を受けたのだと言った。

「あなた、口癖のように言っていたわね。女性ホルモンを補充して、膣《ちつ》の手入れもしていれば、女はいくつになっても、豊かなセックスができるのよ、って」

燿子は、そういえばそんなこともあったなぁと、久しぶりに沢渡蓮との短かった恋愛を思い出した。

古希を迎えて、誰からも女性として見られなくなった自分が、ゆきずりのように出会った年下の男から、女として扱われて、舞い上がっていた頃だ。

たしかに、あの出会いがあったお陰で、燿子はセックスを怖がらなくなった。

蓮との恋は、どこまでも性的な欲求を満たし、女性として肉体と精神の解放を追求したものだった、と振り返る。

あれから五年。いま七十五歳になって、仙崎理一郎と出会い、どちらかが死ぬまで

「共に生きる」ことを選択した彼女は、蓮と恋をしていた頃の自分はなんてガツガツしていたのだろうと、恥ずかしくなる。

理一郎との出会いには、以前経験したどの恋にもなかったものがある。

それは、かけ値なしの「信頼」と「安堵」だ。

どちらもが心変わりをしないと思える、精神と肉体のどちらかが先でもない、均衡のとれた男女の関係。

燿子はいま、理一郎を「最後のひと」と思っている。

〈死〉が二人の仲を引き裂くまで、彼はどこにも行かないし、自分も心変わりをすることはない。

そして、燿子が願っているのは、もうじき八十七歳を迎える理一郎に、いまの健康を、一日でも長く保ってもらうことだった。

「ぜひその先生と、試してもらいたいことがあるのよ。これをしていれば、お二人とも毎日を若々しく、元気で過ごせるわ」

潤がそう言って、その日教えてくれたのが、『骨トントン健康法』だった。

瓢簞《ひょうたん》型をした木型のいっぽうに、温めた生米を入れた布の袋を巻いて、瓢簞のもう片方を、ゴム製の槌《つち》で叩きながら、背骨や手足に沿って骨に刺激を与えていく。

「こうして膝から大腿骨までの骨、足の裏から膝頭までの脛《すね》の骨、腰の骨から背骨を通って肩甲骨まで、そして鎖骨から胸元までのデコルテ、肘から手の甲までの骨。それら身体中の骨をトントンと叩いていくと自律神経が整って、血流も良くなるの」

潤が言いながら、燿子の全身の骨をトントンと、リズミカルに叩いていく。

「骨を刺激するとね、骨から分泌されるホルモンで、記憶力や免疫力、それに精力も高まるので、骨トレーニングは最強の若返り法なのよ」

「ほんとに？　とても気持ちがいいわ」

燿子は最近、〈若返り〉という言葉を聞くと、すぐに反応してしまう。

「膣が硬くなった女性は、膣と肛門の間の会陰《えいん》にオイルを湿布して、骨トントンをすると、膣が緩んで、性交痛にも効果があるの」

潤によると、長いこと性的なコミュニケーションのなくなってしまった夫婦が、お互いの身体に「骨トントン」をし合ううち、すっかり親密さを取り戻した例が、いくつもあるという。

たしかに、自分の周囲を見渡しても、肉体のコミュニケーションをまったくとらなくなった夫婦が、圧倒的に多いようだ。

歳をとったら、そんなことをするのは「気味が悪い」とか、「いつまでそんなことを考えているんだ？」と思われてしまうのが、社会の常でもある。

誰もが、社会の既成概念と無意味な倫理観のなかで、平板に生きている。

燿子は、理一郎と会ってから、触れ合う、抱き合う、愛撫し合うといった行為で、どれだけ柔らかく、安らいだ気持ちになれるかを知ったので、そんな世間の常識や偏見に遭《あ》うたび、それほどもったいないことはないと思うのだ。

同じ屋根の下で、長く一緒に生きていて、夫婦が互いに「肌触れ合う」のを忌み嫌ったり、遠ざけたりしているなんて、ほんとにおかしい。

最近、特にそう感じている燿子は、若返りと健康のために、夫婦が骨トントンをし合うのは、常識や偏見を乗り越えるためにも、いい手段ではないかと思うのだ。

そんなことを考えながら、全身の骨を叩いてもらっているうち、施術台で深く寝入ってしまった。それほど気持ちが良かったのだ。

目を覚まして、

「これを先生にしてあげたい。きっとお風呂上がりにしてあげたら、ぐっすりと眠れるわ」

「そうよ、ぜひその先生にして差し上げて。トントンするのに力はいらないから、燿子も先生にやってもらうといいわ」

潤から丁寧な指導を受けた翌日、理一郎が燿子の部屋にやって来た夜、燿子は早速、風呂上がりの彼に「骨トントン」を試してあげた。

すると理一郎は、トントンするうち自然に深い眠りにつくことができたようで、翌朝、

「昨夜は、骨トントンのおかげで、久しぶりに熟睡できたよ」

と笑顔で言い、等々力の家で独り寝る夜は、

——早くあなたのベッドに行って、燿子に骨トントンをしてもらって眠りたいものです。

などというラインが送られてくるのだった。

三月のはじめ、理一郎は八十七歳の誕生日を迎えた。

燿子は、何日か前に近場の温泉旅館を予約して、それを理一郎へのバースデー・プレゼントにしようと考えていた。

この年齢になって、ひとまわり近い歳の差は大きい。

できるだけ彼の体力に合わせて、一泊の温泉旅行もなるべく近場にしようと、山梨県の大月《おおつき》にある隠れ宿をネットで調べ、予約したのだった。

どんなことも、自分で判断し自ら行動する癖がついている。

「お誕生祝いに、前日から二人で温泉旅行に行きましょうね」

三日ほど前に電話をすると、どうも反応が鈍い。

やがて、言いにくそうに、

「孫から電話があって、誕生日は家族で食事会をすることになっているんだ。……先に言ってくれたらよかったのに、……もうキャンセルはできないんでしょう？」

と呟いた。泊まるのは前の日なのに。

燿子は、彼があまり乗り気でないとわかってがっかりしたが、

「いいえ、キャンセルはできますよ、全額返ってくるかはわからないけど。あなたが行きたくないのなら私も楽しくないので、明日宿に電話して、キャンセルできるかどうか聞いて、また連絡します」

言うと、早々に電話を切った。

理一郎と恋人同士のつきあいを始めて、まだやっと二ヶ月。

だから高齢の彼が、何を嬉しく思い、何を負担に思うのかが、まだわからない。

相手のノリの悪さに、拗《す》ねたり怒ったりする歳でもないと、冷静さを装って応対したつもりが、口調の刺々しさは抑えられなかった。

彼の言うように、事前に相談すればよかったのかもしれないが、それではサプライ

ズ・プレゼントにならない。

燿子ははじめて、理一郎とつきあうことの難しさを感じていた。手放しで喜べないのは、年齢のせいなのか。それとも、ときに気難しいと感じることのある、彼のキャラクターのせいなのか。

そこのところが、燿子にはまだ曖昧なのだ。

それに、あれだけ「家族が自分に冷たい」と愚痴を言っていたのに、「結局、家族のほうが大事なのか」と、騙されたような気持ちもあった。

何か楽しい計画をしていてそれをはぐらかされたときの、落ち込みは大きい。昔から何度も経験してきた感覚だ。

すると、電話を切ってから三十分ほどして、

――先ほどはごめんなさい。家族との食事会は当日の五時からだそうだから、それまでに帰って来られるなら、行きます。キャンセルはしないでください。


と、ラインが届いた。

それで燿子も気を取り直して計画通り行くことにはなったが、一度冷まされた気分を、再び持ち上げるのは容易ではない。

まだ相手を理解しきれていないもどかしさのなかで、一泊旅行の支度にとりかかった。

そして理一郎の誕生日の、前日の朝。

燿子は等々力駅まで彼を迎えに行き、一緒に新宿に出ると、中央線で大月まで向かった。

電車のなかで、理一郎が切り出した。

「あなたの好意に水を差してしまったようで、ごめんなさい。僕はずっと、何でも自分ひとりで決めてきたので、あなたの好意がすぐに理解できず、がっかりさせてしまって。

でもそれは、まだ慣れないだけのことなので、辛抱してください。

ずっと今日まで、ひとり自分のペースで、八十数年生きてきたんです。すぐにはあなたの希望に応えられないことがあっても、そこは焦らないで」

いかにも理一郎らしく、たっぷりと時間をかけて、考えながらの言葉だった。

聞いて燿子も、自分が軽率だったかもしれない、この人のことをもっと理解してあげなくてはと、気をとり直すことができた。

燿子は、人一倍楽しいことが好きな人間である。

仕事柄、ずっと変化の多い人生を送ってきた上に、交友関係も広かったので、恋愛初期のサプライズ・プレゼントも、突然思いついての小旅行も、彼女にとっては日常に彩りを添えるため、当たり前にしてきたことだった。

ところが理一郎の場合は、自宅と大学のあいだを毎日同じ時間、判で押したように往復する習慣が何十年と身についていた。

まして定年になってからは、大半の時間を自宅の書斎で送ってきた人である。

燿子を訪ねる日は週に一度と決めて、一泊すると必ず自分の家に帰るという風に、自らに課した習慣を、そのときの気分やノリで簡単に変えられない。

そんな老齢の人に、サプライズやハプニングなどを強いるのは、酷なことなのかもしれない。

それでも彼は、燿子の好意に水を差してがっかりさせたことには、素早く気づいて詫びてくれた。

しかも彼には、誕生日の前日と当日の二日間を、燿子と家族、両方の気まぐれにつきあおうとするエネルギーも残っている。

「せっかく好きな人ができたのだから、彼と、楽しいことをいっぱいしたい」

と浮かれていた自分は、彼の不器用さや、融通のきかない年齢になっていることに、あまりに無頓着だった。もう少し考えてあげなければならないと思い直して、隣に座る理一郎の手をとると、彼も彼女の手を強く握り返した。

「明日は僕の誕生日を祝うと言いながら、あいつらは、ただご馳走が食べたいだけなんだ。どうせ勘定を払わせられるのは、僕なんだから」

拗《す》ねた言葉と反対に、久しぶりに孫と会えるのが、嬉しくてならないようだ。

そして、少しあらたまったように言った。

「明日は、食事会が始まったら、燿子さんとのことを話すつもりです」

「そうなんですね？　どんな風に話すんでしょう」

「さあ、想像もつかない。ま、出たとこ勝負だな」

言うと、いつものはにかむような笑顔を見せた。

燿子は、温泉旅館で彼の誕生日を祝う夜を、たっぷりとした幸せのなかで過ごすと、翌日、等々力の家まで送り、逗子の自宅に戻った。

その深夜、娘や孫娘が彼の告白に、どんな反応だったかが知りたくて電話をすると、

「二人とも、キョトンとしていた。それだけで終わってしまったよ。あいつらが聞く気がなさそうだったから、こっちも話す気がなくなってしまってね。まったく、親不孝な家族だよ」

燿子はがっかりした。

そういえば、親の恋愛や再婚に際して、相手の子どもたちから「大反対に遭ってい

る」という話を、頻繁に聞いていた。それも一人の話ではない、何人もの友達が言っていたのだ。

つい最近も、「父親を奪《と》られた」と、嫉妬した娘から病的な嫌がらせを受けて、再婚を諦めねばならなくなった、という話を聞いたばかりである。

長く事実婚をしている友達は、相手の息子たちから「財産目当てに決まっている」と反対されて、未だ籍を入れられずにいる。

そんな風に、高齢になってからの恋愛や再婚には、偏見や障害がつきもののようだ。子どもの頃から父親っ子だったという理一郎のひとり娘も、彼の告白を聞いて不快に思ったかもしれない。

「人は、歳をとっても幸福になる権利がある」

と言ったものの、現実には、老人が幸せになる道は縦横に阻《はば》まれている。

燿子はあらためてそんなことを思い、暗い気持ちになった。

翌日、理一郎が何の前触れもなく燿子の部屋にやってきた。

「どうしたの？　昨日お別れしたばかりなのに！」

意外な訪問にたいそう喜んで、二人で海岸を歩き、燿子がつくった手料理を食べて、穏やかなときを過ごした。

燿子は理一郎の気遣いに感謝するいっぽうで、八十代も半ばを過ぎた老人が、このように片道二時間近くをかけて通ってくることに、このまま甘えていていいのかとも考え始めていた。

体力的にも、この人はそれを、いつまで続けられるだろうと、心配がよぎる日も多くなっている。それで、

「あなたが、これからの日々に何を望んでいるのかを、聞かせて」

尋ねると、理一郎はいつものように、じっくりと考える間をとった後、

「もうしばらくは、このままがいいかな。こうして体力があるうちは、僕のほうが通ってきたい」

と答えるのだった。

そしてその日も、食事を終えると彼は、燿子が引き止めるのもきかず、等々力の家に帰っていった。

――無事お帰りになられましたか？　今日も遠くまでお疲れさまでした。思いがけないサプライズ・プレゼント、ほんとに嬉しかったです。ありがとうございました。

そして今日もまた、いいお話ができました。

先生の体力に無理のない限り、いまのこのディスタンスを守っていきましょうね。私も先生を疲れさせないように、気をつけます。

——無事、八時に帰宅。小腹が空いたので残りのケーキなどを食べて、部屋に戻りました。

突然の訪問を、このように中身の濃い滞在にするのは、燿子さん、あなたの人柄によるものと、深い愛をもって感謝します。これでまた、明日からの仕事に立ち向かえます。

ところで、講座の受講者のKさんから誕生祝いが届いていました。

どうしてこういうことをするのだろう？　彼は、人間を相手にする医者でありながら、人間を理解しない人だ。

Kさんのことはともかく、今日のような訪問はいいな。

迷惑でなかったら、これからもときどきしたい。おやすみ。大好き。

SNSでのそんなやりとりにも、燿子は遠慮せず、率直な思いを伝えた。

——Kさんのお誕生祝いを「こういうことは好まない」と言われることに、私は

「それほどこだわることですか？　素直に感謝していいのでは？」と思ってしまいます。

彼が、鈍感で自己満足的な行為をする人だと考えるのは、意地悪な見方です。老いて成熟したら、そんな好意も感謝して受け止められる人であって欲しいな、とは私の主観です。

では、私のプレゼントだったらどうなんだろう？　やはり人間を理解しない人と思われるのだろうか？　と思ってしまう。

先生は、私と向き合っていらっしゃるときが、いちばん素敵。

なぜか、つまらないダンディズムは消えてしまうから。

余計なことと思いつつ、差し出がましいことを言って、ごめんなさい！

今日のサプライズ訪問はほんとに嬉しかったので、またときどきお願いしますね。

おやすみなさい。愛しています。

――燿子さん。つまらないことを書いたと後悔しきり。

社交嫌い、いやむしろ社交のできぬ体質が、人の社交を笑いものにする、そんな悪癖をあなたにそのまま見せてしまった。

恥じます。少年時「ちゃんとご挨拶しなさい」と母親から叱られ続けた自分が、そのまま八十七歳の老人になってしまったように思います。こんな老人でも許してくれますか？

——何を言っているの？　許してくれるかなんて！

先生は、あのようなお節介も素直に聞いてくださる。八十七歳にもなった老人は、誰も頑迷《がんめい》になった自分を反省することなどしませんよ。それを今でもできる人だから、私は先生が好きなのです。

私は、ご自分のありのままを見せてくださる先生が大好きで、もっと尊敬したくて、感じたことを素直にお伝えしました。

そして、どんなことも受け止めてくださる方だから、余計なお節介が言えるのです。

私は先生に、もっと社交上手になって欲しいと言っているのではありませんよ。Kさんのように素朴で不器用な人の示す好意を、理解してあげられる方でいて欲しいだけ。それも先生への、揺るぎない信頼に基づいてのことです。

——ありがとう。安心しました。

燿子の存在が、我が内でどれほど大きいかを自覚しました。ついこのあいだまで名前も顔も知らなかった女性が、いまでは「かけがえのないひと」になっている。

それを、縁というのだろうか。運命と呼ぶのだろうか。

あなたを「かけがえのないひと」と意識するのは、観念性からの脱出をねがう自分の、前向きな意思だ。人生に残されたわずかな時間を、あかるく、温かさのなかに生きようとする、前向きな意思だ。

その前向きな意思をもって、唐沢燿子とともに「最後のひと」を生きるのだ。

八十七歳という年齢になっても、そんな「生き直し」のできる気力も体力もまだある、まだ残されていると思うことができ、それが嬉しくもあり、面映くもあるのです。愛してる。

8

四月に入り、満開の桜が散り始める頃、二人の関係も落ち着いたものになってきた。

燿子は最近、理一郎の言葉の端々から、この人はいよいよ、日々の暮らし向きに不自由を感じるようになってきている、身の回りの世話をしてくれる人を必要とする日が迫っている、と感じていた。

いまの理一郎は七十代かと思えるほど健康に見えても、実際の年齢を考えれば、生活まわりの不安を抱くのは当然のことだった。

そして燿子は思う。考える。

ひとり暮らしの自由な私に、彼はそんな身の回りの世話をする役を求めているのだろうか、と。

いま、仙崎理一郎という男に深く心を寄せてしまっている燿子は、そのような役目を積極的に買って出たい気持ちもあった。

「燿子さん。今日は娘夫婦が旅行に出て、いないんだ。ウチに来ませんか？」

理一郎から電話があって、久しぶりに等々力の理一郎の家に泊まりがけで出かけた。

昨年末にはじめて彼の家を訪ねたときは気づかなかったが、その日の燿子は、家のなかの隅々に、目立たぬ汚れがこびりついているのが気になった。

「僕は、何でも自分でできるからね。伽耶たちがこの部屋に入ってくることもない」

と繰り返す理一郎に、

「お掃除も、全部ご自分で？」

「もちろん。だから君は、いつでも来たいときに来てくれていいんだよ。あいつらも、それをとやかく言う人間ではないと思うから」

洗濯も掃除も、何でも自分でできると言いながら、もう九十歳に近くなっている。だのに同居する家族が、老親の生活の一切に関心を持たないというのが、燿子には解せないのだった。

彼は、この家に自分が来て、一緒に暮らすことを望んでいるのだろうか。彼が望んでいるとしたら、自分にそれが進んでできるものだろうか。燿子はこのところ自問しながら、すんなりと答えが出せずにいた。

それで今日もまた、あえて淡々と言ってみる。

「私がこの家に来て、食事の世話や掃除、洗濯などの一切を、あなたのためにしてあげたいと思わないではありません。でも、そういうことなら、お金を出せばやってくれる人は見つかりますね」

すると理一郎が、慌てたように言った。

「あなたに家政婦のような仕事をして欲しいわけではない。それはわかってください。ただ伽耶たちは、あなたがこの家に来ることを嫌がるような人間ではない、と僕は思っているんです。あなたはきっと気に入られる。あなたが来てくれたら、彼女たちと僕との関係も変わるような気がしているんだ」

燿子は「そうだろうか？」と思った。

父親の告白を聞いて、キョトンとしたきり、話題が続かなかったという家族のいる家に、とても自分から押しかける気にはなれない。

その夜二人は、理一郎のシングルベッドで抱き合って眠り、朝を迎えた。

彼がいそいそと台所に立ち、自分のために朝食をつくっているその背を見ながら、この人はずっとこのように、誰かの世話を焼いて生きてきたのだな、と考える。

サラダを食べていたとき、目の前ににゅっと腕が伸びて、バターを塗ったパンが差し出されるに及んでは、そのあまりにも自然で手馴れた行為に、胸が熱くなった。

燿子の部屋で、お客様のように扱われているよりも、ずっと無理のない行為と表情に思えて、そこに彼の本音を垣間見るような気がしていた。

永子さんにもこうして、六十年にもわたって、トーストのバターを塗っては手渡してやる日々を、重ねてきたのだろう。

それもまた、燿子が追い求めてきた「愛」だと思えた。

目の前で自分がパンをほおばる姿を、満足そうに見守っている理一郎という人は、相手が変わっても、そうした行為で愛を示したい人なのだと思い、彼にはそんな日常を、続けさせてあげたいと思うのだった。

等々力の家を訪ねて、一週間ほど過ぎた日。

燿子は、かつて仕事を共にしたテレビ局の女性二人と久しぶりに会って、今年の桜の見納めをしようと、鎌倉に行った。

その帰り、自分の部屋に寄ってもらい、朝のうちに作っておいたちらし寿司を食べ終えて、片づけているうちに、ふと、理一郎にも食べさせてあげたくなった。

早速、電話をかけて、

「ちらし寿司をつくったの。今から届けるので、等々力駅まで出てきてくださる？」

と言うと、

「それはいいね。ちょうど伽耶たちとあなたの話をしていたところだ。来てくれたら、ぜひ紹介したい」

と嬉しそうな声が返ってきた。

「紹介したい」との言葉に戸惑いながらも、逸《はや》る気持ちで等々力に向かった。

等々力駅に着くと、改札口で理一郎が待っていた。

「あなたのタイミングの良さには、ほんとに感心するよ」

と、いかにも嬉しそうな顔である。

「お嬢さんたちと、会わなきゃ駄目？　お寿司を届けるだけのつもりだったのに。心の準備ができていないわ」

「いや、こうやって、自然な形で会うのがいいんだ」

言い合って彼の家に着くと、ダイニングルームで伽耶夫妻が待っていた。

そのいかにもボヘミアンな雰囲気に、燿子の緊張が一気に解けた。

「義父《ちち》がいつもお世話になっているようで。ありがとうございます」

夫の卓郎が、立ち上がって頭を下げると、

「こんにちは」

と、伽耶が恥ずかしそうな笑顔を見せる。三つ編みのおさげ髪が、五十代の半ばとは思えないほど若々しい。

彼らのフランクな印象に、燿子は理一郎が口癖のように言っていた「非情な家族」という言葉が真っ赤な嘘だった、と直感した。

アメリカ帰りの前衛舞踊家と、写真家の夫婦。二人の醸《かも》す雰囲気は、燿子も信条としている「自由」そのもので、老いた父親に女友達ができたことを、手放しで喜んでいるように見える。

三人はすぐにうち解けて、燿子が持ってきた一人分のちらし寿司を、父親と分け合って食べる姿にも、家族の温かさが感じられた。

「なあんだ、私はまんまと騙されていたのね」と燿子は思い、理一郎の娘夫婦が自分と同種の価値観を持っている人たちだと思えたことに、安堵した。それでも、

「この人が迷惑をかけているんじゃないかと、心配で、心配で」

と繰り返す伽耶は、父親の新しい女友達がまさか「恋人」とは思っていないようで、

燿子にはそれもまた微笑ましいのだった。

その夜の話題は、もっぱら理一郎の健康まわりのことで、厳しい言葉を次々浴びせる娘が、いかに父親を愛しているかがわかるやりとりに、燿子は心からホッとした。

それにしても理一郎は、どうしてあれほどまで、家族についての愚痴や悪態を吐き続けたのだろう。それが燿子にはまだわからない。老いの寂しさなのか。それとも彼特有の不器用でペシミスティックな性格のせいなのか。いずれにせよ理一郎と娘夫婦との関係は、心配したほどではないようだ。

満ち足りた気持ちで逗子に戻ると、自分も娘の紗江に、理一郎との出会いを報告するメールを送った。

燿子はこれまで、娘に異性とのつきあいを報告したことがない。

それは、燿子が離婚後に恋をした若きシナリオライターの湊亮介《みなとりょうすけ》に、あれだけ懐《なつ》いていた紗江を、彼との別れによって傷つけてしまったからであり、その後も、娘に報告したいと思えるほどの恋愛を、一度もしたことがなかったからである。

紗江が、七十五にもなった母親の告白を、どんな風に受け取るだろうと、不安な気持ちのいっぽうで、いまやっと娘に自慢のできる出会いがあったと伝えることに、誇らしい気持ちもあった。

その夜のうちに、紗江から返事が届いた。

——まぁ！　ご無沙汰ばかりしている親不孝な娘に、母上から、このように喜ばしいメールをいただき、ほんとうに嬉しいです。

その嬉しさのなかで、これをいい機会と思い、私も今の気持ちを正直にお伝えしますね。

私は私なりに、ママの性格やこれまでの人とのつきあい方を客観的に見てきて「唐沢燿子」という人の生き方や、その強さによって形成された性格に、ママ個人としては、出会うべき人に出会うことができずここまで歳を重ねてきたのではないか？　と少しの同情をもって、考えてきたように思います。

そして気がつけば、私もママが脚本家になった年齢の一歩手前まで歳をとり、二人の子の母親となりました。あの頃のことをよく覚えている私は、女としていろんなことをママと比べることもあるのです。

私の保育園の送り迎えの時代から、いろんな大変な思いを重ねてきたママのキャリアと功績を、私はいま、娘としてではなく一人の女性として、本当に尊敬しているし、感謝しています。

その一方で、どこかそんな人としての強さに、ママの女性としての幸せが隠れてしまっていたのを、仕方なかったのかなぁ……と思ったりもしていました。

でも、今日のメールで、ほんとうに安心しました。

仙崎先生、とても素晴らしい方ですね。写真を拝見して、すぐにどんな方かが直感でわかりました。

ママという女性を包み込める、その知性と繊細さ、男としての器の大きさを、ひと目見ただけで感じることができ、安心しました。

これからを一緒に生きていくことが、お二人の喜びとなるのであれば、それは本当に素晴らしいことです。

お二人には更に力強く、これからの時間を十分に楽しんでもらいたい。

ママが生き生きと、自分の求めている幸せを探し当てられたとすれば、本当に心強いし有難いとしか言いようがありません。

この素晴らしいニュースを、隣で耕大《こうた》も喜んでいます。

どうぞ仙崎先生に、くれぐれもよろしくお伝えください。

お会いできる時を楽しみにしています。

お二人とも、身体にだけは気をつけて、幸せな時間をお過ごしください！

紗江

読んで、燿子は泣いた。

今日まで頑張ってきてよかった、娘がいてくれてよかったと、全身から力が抜けるほどの嬉しさだった。

「ママは、いつも誰かのために生きているフリをして、いつも大事なのは、自分なのよ」

子どもの頃、繰り返し自分を批判していた娘が、母親の幸せをこのように願ってくれていたのか、喜んでくれるのかと、涙なくして読めなかったのである。

そして、その娘のメールを、理一郎にも読んでもらいたくて転送すると、早速彼からも嬉しいメールが返ってきた。

——燿子さま

紗江さんのメールを読ませて頂き、感動しました。この母にしてこの娘あり、あるいはこの娘にしてこの母ありですね。

あなたの書いたものや、ドラマに見出す、自立的に生きる人間的魅力が、このメールからもわかります。この娘さんに認められたことを誇りに思います。

お会いできる日が来ることを楽しみにしております。宜しくお伝え下さい。

理一郎

もう、何も心配することはない。

これからは、自分を大事にする人生を、理一郎と二人で送るのだと、心から思える。


明日は「先生」が、午前中に来ることになっている。

このところ、週に一度の理一郎の訪問は木曜日と、ようやく定まってきたようだ。

燿子は、昼間のうちに買っておいた野菜と肉を、冷蔵庫から取り出すと、夜の九時から料理を始めた。

明日のランチのメニューは、コロナ禍の前に旅をしたブダペストで覚えた「グラーシュ」というハンガリーの煮込み料理だ。

彼が部屋を訪ねてくるようになって、何より嬉しいのが、誰かのために料理をつくる愉しさと、一緒に食べる喜びを取り戻したことだった。

フライパンで、シチュー用の牛肉をバターで焼き色がつくまで焼き、粗みじん切りにした玉ねぎを入れトロ火で炒める。火が通ったらニンニクのみじん切りとトマトペーストを加え、赤ワインを入れて強火にして水分をとばす。次にホールトマト缶と、スープストックを入れてもう一度煮立たせ、二センチ角に切ったジャガイモと人参、赤と黄のパプリカ、パプリカパウダー、ターメリック、カイエンヌペッパーなどのスパイスを入れたら、あとはときどき混ぜながら、二時間近くじっくりと煮込む。

「グラーシュ」は、それだけの簡単な料理だった。

燿子はついこのあいだまで、自分が今日何を食べたいかを考えて料理をつくってきたが、「彼に何を食べさせてあげようか？」と考え、新しい料理に挑戦するのはさらに楽しいことだった。

メニューは理一郎の年齢を考えて、手の込んだフランス料理やイタリア料理よりも、やはり和風の家庭料理が中心になった。

そして、週に一度、彼とともに過ごす時間を少しでも長くしたくて、今日のようにメニューが決まれば、調理の大半を前夜のうちに済ませておく。

理一郎と会うまでは、遅い朝のブランチと早めの夕食、この歳になったら一日二食で十分だと思っていたが、彼は朝昼晩と、三度の食事を規則正しく摂り、しかも一回に食べる量も多いのだった。

「先生は、それで健康なんですね」

「僕は貧乏人の出だからね、手の込んだ料理は要らないよ」

と言いながら、燿子がつくるどんな料理にも、旺盛な食欲を発揮した。

その日も、グラーシュを食べながら、二人ならではの会話を愉しんだ。

「僕は最近、毎朝走るようにしてるんだ。ほんの五分程度で、疲れてやめちゃうけど」

「あら、先生。それは、悪あがきというものですよ」

「悪あがき？　あなた、年寄りに向かって、ずいぶんひどいことを言うねぇ」

「だって、八十七にもなったら、体力が衰えるのは当然のこと。無理して走る必要があるのかしら。先生にはもう少し、受容というものを学んでいただかないと」

理一郎は、「ひどいことを言うねぇ」と言いながら、そうした燿子のきつい言葉が大好きだ。彼のような社会的立場で生きてきた人は、誰からもきつく言われたことなどないのだろう。

燿子のシャープでシニカルな冗談に、毎回、目を白黒させながら、

「恐ろしい女だよ、あなたは」

とか、

「そういう言い方こそ、唐沢燿子だ！」

とか、

「あなたは、ほんとに面白いひとだねぇ」

などと言っては、二人でお腹を抱えて笑うのだった。

燿子は、ひとまわりも歳上の〈日本の男〉の理一郎が、自分の辛辣さに腹を立てることも、押さえつけようとすることもなく、ありのままでいさせてくれるのが、楽で、有り難くて仕方ない。

ときには彼を試すかのように、

「だって私は、私のために生きているんだもの」

といった言葉を、あえて投げてみたりする。

これまで男性に向かって、そんな言葉を口にしたことがなかったし、「当然の言い分」と受け止めてくれる男もいなかった。

ところが理一郎は、そんな不遜で傲慢な彼女を、認め、愛しいと思ってくれている。

彼は、唐沢燿子という女の「自由で、のびのびとした個性」が好きで、彼女は仙崎理一郎という男の「聡明さと、相手のあるがままを受け入れる寛容さ」が好きなのだった。

二人は、食事や買い物、散歩など、外出以外の大半の時間を、燿子のベッドで過ごした。

そして、しばしばキスをしたり、互いを愛撫し合ったりしながら、さまざまな会話を愉しむ。

特に燿子は、理一郎の指が遊ぶ巧みさに、悦びのため息をつきながら、二人で難しい問答をするのが好きだった。

昼食後のお茶を終えた午後、燿子が、

「夕食の支度を始める五時までのあいだ、ベッドに行きましょ」

と誘うと、理一郎はきまって、

「何を言ってるの？　こんな真っ昼間から！」

狼狽《うろた》えながら拒絶する。

そんな彼の反応が、燿子は愉快で仕方ない。

このひとは、男と女が裸になって抱き合う時間は、夜、眠りにつく前のほんの二十分ほどと、決めつけて生きてきたのね。

「人としてのまともさ」という規範から外れることに、こんなにも罪悪感をおぼえてしまうのね。誰が、いつ決めたわけでもないのに、ほんとに可笑しい。

燿子は、そんな常識はずれの、時計の針を無視したような行為を遊べるのも、「老いて、自由なればこそ」と思っている。

自分にしても、現役で何本もの脚本をかけ持ちで書いていた頃は、恋人と真っ昼間から抱き合うなど、物理的にもあり得なかったし、考えることもなかった。

そんなわけで、理一郎と出会って以来、毎日「老いたからこその面白さ」や「老いの自由さ」を発見しては、それを心から愉しんでいる。

豚肉のスペアリブとふろふき大根、マグロと茗荷《みようが》の和物《あえもの》に、つるむらさきのおひたし、そして浅蜊《あさり》の味噌汁と、豪華な家庭料理がダイニング・テーブルに並んだ。

今日は珍しく孫のユリアが帰ってきて、夕食も一緒に食べるということで、燿子がはじめて仙崎家のキッチンに立ち、理一郎の家族のために腕をふるっている。

かつて理一郎は、夕食をスーパーマーケットの惣菜パックで済ませる理由を、

「あいつらの食べるものは、カレーだとか、シチューだとか、いつもこってりした肉中心の一品だけだから、飽きちゃうんだよ。僕は栄養のバランスを考えているからね」

と言っていたので、「私たち高齢者は、こういうものを食べたいのよ」と主張しているような、それでいて肉好きな娘夫婦にも配慮しての献立。

それを皆が「美味しい、美味しい」と言いながら食べている。

燿子が一人加わっただけで、仙崎家のダイニングルームに久しぶりに笑い声がひろがり、食事をしながらのおしゃべりも弾んだ。

それでも理一郎は、家族と一緒の場では無口になってしまう自分を、なかなか変えることができないようだ。それだけに、自分が家族の団欒をリードしてあげなくては、と燿子は思う。

「子どもの頃は、おじいちゃんと遊ぶのが好きだったの。特に、お相撲をとるのが」

「まあ！　そんな、男の子みたいな遊びを？」

「そうよ。もっと小さいときは、仰向けになっているおじいちゃんの上に、ジャンプ

で飛び込んでいくのが大好きだったの」

燿子が隣を見ると、理一郎もきまり悪そうな笑みを浮かべて、ユリアの言葉に肯いている。

「ユリアさんは、おじいちゃん子だったのね？」

「そうなの。ずっとおじいちゃんが、私の理想の男だった。でも、こういう人は滅多にいないから、なかなか恋人ができないの」

ユリアが言って、笑った。

「そういえば、昔から子どもと遊ぶことにかけては、天才的な能力を発揮したわね。シカゴでも、子どもたちの人気者だったもの」

伽耶がまだ幼い頃、仙崎永子がシカゴ大学の客員教授に招かれると、理一郎も文部省から派遣され、哲学講師の職を得て、一家で二年ほどアメリカで過ごした話は聞いたことがあった。

そんな思い出話が始まると、理一郎が立ってキッチンに向かった。

コーヒー・ミルの蓋を開けて、豆を丁寧に計りながら、ミルに入れている。

やがて珈琲豆を挽く音がしだすと、それが合図だったかのように、伽耶の夫の卓郎が切り出した。

「実は、伽耶と話していたんですよ。唐沢さんがこの家に来て一緒に暮らしてくれる日は、いったいいつになるんだろうねって。お義父さんも、今みたいに逗子に通い続けるのも大変でしょう。今日はいい機会だから、お二人がこれからのことをどう考えていらっしゃるのか、聞かせてもらってもいいですか？」

日頃から、理一郎と伽耶のあいだのパイプ役をさせられている、卓郎が尋ねた。

「それは、先生のお気持ち次第と思っています。私はこの先、先生がどんな状態になられても、最後までお側《そば》にいたいと、もう決めていますから。でも、先生がお元気なうちは、逗子に通いたいと仰るなら、そうさせてあげたい。健康のために、それもいいのかなと思っているんです」

燿子が答えた。

同じ屋根の下に暮らしながら、顔を合わせない日もある娘たちのために、理一郎が自分に会いにくる日は、キッチンの壁に貼ったカレンダーに「逗子」の二文字を書き入れて出かけるのだそうだ。理一郎がそうしたいなら、そうさせてあげるのがいちばんいい。

ところが伽耶は、

「私たちにしてみれば、やっぱり留守のあいだは心配なのよ。どこかで転んで、病院に担ぎ込まれたりしてやしないかとか、燿子さんの家に行った日に、何事もなく帰ってくるだろうか、って。今みたいに、サルトルとボーヴォワールのような関係も、そりゃあかっこいいけど、きちんとケジメをつけてもらったほうが、私たちも安心できると思うの」

伽耶の言葉に、燿子は少し意外な気がした。

自分と理一郎とは、出会ってからまだ半年しか経っていない。

「共に生きていきたい」と、互いの気持ちは決まっているが、この先二人がどのように暮らすかが定まるには、もう少し時間がかかる。

そんなに焦ることでもないだろうと、燿子は考えていた。

ところが、世間的な常識に疎《うと》いと聞いていた伽耶のほうが「早くケジメをつけてほしい」と言っている。

理一郎が五人分の珈琲を盆に載せて食卓に戻り、一人ひとりの前に配り終えると、あらためて伽耶に言った。

「君がそんなことを言うとは、ちょっと意外だね。このままではダメかい？」

「ダメとは言わないけど、もし、急に入院でもすることになったら、燿子さんには手術の許可を出す人にもなってもらえないのよ。パパはそれでいいの？」

伽耶が少し喧嘩腰になった。

「まあまあ、そんなことより僕としては、この歳になって、また新しいお母さんができるのも悪くないかなと思って。要するに、唐沢さんがこの家に来て、一緒に暮らしてくれたら、どんなに楽しいだろうと、勝手にわくわくしているんですよ」

卓郎がとりなすように言い、

「そんなことを言って、君たちは燿子さんの料理をあてにしてるんじゃないか？」

理一郎も似合わぬ冗談を言って、食卓に笑いがひろがった。

そんなやりとりを聞いて、燿子は、理一郎の家族が皆で自分たちのことを祝福してくれて、家族のほうから「再婚」を勧めてくれているのを知った。

そんなことは滅多にない幸運に違いなく、有り難いことだと思った。

しかし、互いの気持ちは揺るがないものの、理一郎と燿子のあいだでは、まだ結婚について、具体的に話し合い、決めたことがあるわけではなかった。

二人にとっては、この稀有な出会いそのものが重要で、社会的な手続きなどはさしたる問題でないと思っていたのである。

この間、二人のあいだでは、

「しがない学者だった僕には、たいした財産があるわけじゃない。でも、いまあるものはあなたに遺してあげたい。そのために、必要ならば弁護士を頼んで、遺言書を書きたいと思っているんだ」

「ありがとうございます」

と言い合いながら、燿子にはなぜかそうした話題に実感が湧いてこない。

「先生にどんなことがあっても、住み慣れたご自分の家で、最後まで介護してあげたいと思っているわ。でも、私が先に死ぬことだってあり得るし」

「そんなこと、あるわけがない」

「この歳になったら、お互い何が起きるかわからないと、覚悟していなくては。先生はつねに家族の世話をして頑張ってきた人だから、私のほうが先に認知症になって、先生が私の介護をする羽目になったりしてね。そういう宿命に生まれてきた人かも……」

「やめてくれ。そんなのは、あなたが書いているドラマの世界の話だよ」

と言い合って、最後は笑い合った。

そして今日、伽耶のほうから娘の思いを伝えられて、燿子は安堵した。

この歳になっての「再婚」につきまとう問題、たとえば娘が嫉妬しているという様子もなければ、遺産相続のトラブルなども起きそうにない。

そのことに感謝しながら、自分のいまの気持ちを正直に伝えた。

「ありがとうございます。お二人の気持ちをとても有り難く伺いました。ただ、私はあまりにもひとり暮らしが長かったものだから、いますぐに逗子の部屋を引き払って、この等々力のお宅でずっと暮らせるのかとなると、不安もあるのです。正直に言えば、それはやってみなければわからない、というか……」

言うと、理一郎が引き取って、

「ま、そんなに慌てなくてもいいじゃないか。まずは燿子さんが、この家で快適に暮らせる環境を整えるのが先だ。燿子さんを迎えてくれる、君たちの気持ちがわかってよかったよ。ありがとう。あとのことは僕たちに任せて、もう少し時間をくれないか」

と言い、その日の家族会議は終わった。

9

一週間ほど前に二人で渋谷まで買いに行ったダブルベッドが、先ほど届いたと理一郎から電話があった。

二人で打ち合わせていた通り、元のシングルベッドが置いてあった理一郎の書斎に、なんとか納まったという。

「狭くないですか？」

「大丈夫だと思うけど、君が狭いと思ったら、また変えたらいいよ」

と言われても、燿子は自分の感覚を主張しようとは思わない。

書物や資料に囲まれながら眠りにつくという、彼の長年の習慣は変えないほうがいい。むしろ彼女には、書籍に埋もれるような睡眠に、ワクワクするような期待感があった。

燿子が等々力の家で暮らす準備は、着々と進んでいた。

彼女を迎えるにあたって、「家のなかの本の大半を処分することにした」と理一郎から聞いたとき、燿子は戸惑った。

自分が同居することになったからといって、長年大切にしていた蔵書を、どうして処分する必要があるのだろう。本は学者の命ではないか。

最初に等々力の家を訪ねたとき、彼の書物に埋もれるような暮らしぶりに、強く憧れる気持ちがあった。部屋のなかばかりか、階段の壁までを使って、整然と並べられた蔵書の数々は、そのまま哲学者・仙崎理一郎の学びの歴史であり、人生の象徴でもあると思えた。

家のなかから書物がなくなってしまったら、彼は支えをなくして一気に老け込んでしまうのではないか。

そんな不安にかられて、会うたび反対したのだった。ところが、

「あなたに会わなければ、これまでの本に埋もれた生き方を、それしかないと思い続けていただろうね。この、自分が意図的につくってきた環境や規範を、死ぬまで引きずっていくしかないのだと思いながら。

しかしいまの僕は、大袈裟に言えば、自分の世界観の転換をしたいと思っているんだ。これらの本は、すべて僕の過去に過ぎない。そこにしがみついて書物に縋《すが》っていたら、世界観を変えるなんてとてもできないだろう。僕の明日は、本を捨てることから始まるような気がするんだよ」

と、理一郎の決意は固かった。

ならば自分も手伝いたいと、等々力の家に行くため出かけようとしたとき、珍しくリビングの固定電話が鳴った。

いったい誰だろうと、靴を脱いで居間に戻り、受話器を取ると、大学時代の級友の柴本瑞江《しばもとみずえ》だった。

あんまり久しぶりだったので、彼女の存在さえ忘れていたが、当時は珍しかった派手な化粧をして、いつもハイヒールを履いていた女だった。たしか卒業直後に、裕福な実業家の御曹子と結婚したのではなかったか。

ひと通りの儀礼的な挨拶が済むと、受話器の向こうから、いきなり、

「聞いたわよ。あなた、この歳になって再婚するんですって？」

と甲高い声で訊ねられた。

この歳になって？　再婚？

最初の言葉はお馴染みのフレーズで、後者の「再婚」という言葉に違和感をおぼえ

た。

他人の家に土足で上がり込んでくるような口調に、はっきりと思い出した。大学の頃から「地獄耳」とか「スピーカー」と呼ばれていた、あの女だ。

若い頃の性癖は、歳を重ねても変わらないらしい。

「そんな。まだ再婚するなんて、決まってないわ。いったい誰に聞いたの？」

「新田君よ。別件でお願いごとがあって、久しぶりに新田君の家の近くまで行ってお茶を飲んだとき、教えてくれたのよ」

「そうなのね？　相手は、新田君が紹介してくれた人だからね。お蔭さまで、いい出会いをさせていただいたとお礼の電話はしたけど、再婚するとまでは言ってないわ」

新田皓次が、そんな作り話をするとは思えなかった。

「再婚」などというフレーズは、きっと柴本瑞江らしい飛躍にちがいない。

燿子は、赤の他人がそんな言葉で自分の噂をし合っているのかと、想像するだけで胸が悪くなった。

早く切らなければと思っていると、

「最近、テレビで唐沢燿子の名前を見ないから、どうしているんだろうと心配してたのよ。仕事が暇になってきたと思ったら、早くも再婚相手をゲットしたなんて。素晴らしいわ！　あなたはそういう抜け目ないところがあったものねぇ。逞しさは相変わらずね」

昔から、他人のことを針小棒大に噂しては、他人の不幸を願うような女だった。

燿子はさすがに相手をする気がなくなって、

「いま、ちょうど出かけるところだったの。用事がないなら、切っていいかしら？」

突き放すように言うと、さらなる嫌味が返ってきた。

「私は唐沢さんのことを心配して電話しているのよ。あなたがあまり無防備にはしゃいでいると、遺産目当てで再婚したとか、いろいろ意地悪な噂を立てる人がいるから気をつけなさいよと、身近な友達が、忠告してあげたほうがいいと思って」

身近な友達？　その言い方にも異論があったが、

「それはご親切に、ありがとう」

と、ぎりぎりの平常心でかわした。

「とにかく、唐沢さんが幸せになるなら、友達としてほんとに嬉しいの。おめでとう！　やっぱりいくつになっても、魅力的な人は違うわね」

と昔のまま、棘のある言葉を放つと、さらに続けた。

「でもね、唐沢さん。認知症にならなくても、介護はほんとうに大変よ。よほどの覚悟がなくては続かないと思うけど。あなた、ほんとに大丈夫なの？」

その言葉を聞いて、燿子はたまらず受話器を叩きつけて、瑞江との会話に終止符を打った。

電話を切ったあとも、怒りで胸の動悸と手の震えが止まらない。

キッチンに走り、コップ一杯の水を飲んで、深呼吸をひとつすると、部屋を出た。

胸の内の怒りは駅に向かうあいだもいっこうにおさまらず、大股の急ぎ足になっている。

あれが世間だ。

他人の幸運や幸せを妬んで、意地悪をしたり、「常識」などという大義名分のもと、悪意の噂を流しひろげる、瑞江のような人間が世間には山ほどいる。

そんな世間の眼を気にしたり、人の噂や陰口を怖れていたら、何もできない。

私は幸せになるのよ。

この歳になって幸せになって、何が悪いの？

あなたのような世間の、誹謗中傷になど負けるものか。

私は、幸せになるの。

心で何度も言いながら、横須賀線に飛び乗った。

電車に乗ってからも、頭のなかには「世間」という概念が渦巻いて、なかなか離れてくれない。

再婚——。

それは役所から婚姻届をもらってきて、届けることだ。

八十七歳の男と七十五歳の女が、正式に婚姻届を出した場合と、籍には入らず一緒に暮らす場合とでは、何がどう違うのだろう。

法律で〈夫婦別姓〉が認められていないいまは、婚姻届などには何の意味もない。燿子にとっては、またも女である自分の姓が変わるだけの、面倒で理不尽な手続きに過ぎない。今更、姓が変わるなんてことは、できれば避けたまま死にたいと思っている。

でも、仙崎伽耶から言われたように、正式な婚姻関係を結ばなければ、「内縁の妻」と呼ばれ、病院での扱われ方ばかりか「あの歳で、愛人?」と蔑みの視線を浴び続けることになる。籍を入れれば、「遺産目当て」と言われてしまう。

どちらに転んでも、高齢者になってからの愛の問題は、好奇と嫉妬の目で見られこそすれ、祝福されることも、羨ましがられることもない。

それが世間である。

世間が、人びとから自由を奪い、晩年を、つまらないものにしているのだ。

仙崎の家に着くと、理一郎がひとり狭い納戸の前で、途方に暮れていた。

いくつもの段ボール箱が並んだ真ん中に、胡座《あぐら》をかいて座っている。

ここ数日、燿子が手配した神田の古本屋が査定に来る前に、理一郎にはもうひとつ、終えなくてはならない仕事があった。

その仕事とは、納戸に仕舞い込んだいくつもの段ボール箱のなかに眠っている、大量のファイルやアルバムを整理することだった。

ファイル類は、もちろん理一郎自身の学生時代からのノートや、本を書くたびに集めた資料であり、反故《ほご》にした原稿の類いであり、また、亡き妻が遺していった生活の記録や、彼女が長年の研究のなかで書き溜めた、膨大な量の書類だった。

いずれもが、学者という職業を持った夫婦の、長年の研究の成果だった。それらを、生きているうちに自分の手で処分したいと一大決心をしたものの、その仕事が、二日前に燿子がこの家に来たときから、まったく進んでいないようだ。

今回、理一郎は、家のなかを亡き妻とともに暮らした空間から、燿子と暮らすための空間に変える決意をして、その転換を自分の手でするると言い張った。

ところが始めてみれば、その作業は思ったほど簡単なものではなかったのだろう。

特に永子が綴った日記やノート類、手紙、備忘録、そして写真の類いが、五年前の逝去のときから、いっさい手をつけぬまま、納戸のなかに残されていたのである。

普通なら、そのように納戸の奥にしまわれた物の数々は、彼がこの世を去ってから、娘の伽耶たちの手でドライに処分されるはずだった。

しかし理一郎は、「自分でしたい」と言い出したのである。

もちろん、片づけを早く終わらせたいなら、箱の中身など何ひとつ見ることなく、便利屋のような業者に頼んで、選《よ》り分《わ》けることのできない人に始末してもらうほうがいいに決まっている。

自分の手ですれば、何日もかかることがわかっていたし、燿子が口を出したり指図したりできる問題ではない。本人の気が済むまで時間をかけるしかない。

ところが、こうして彼の家に来てみれば、片づけをするというよりも、溢れ出てきた書類の多さに、むしろ収拾がつかなくなっているように見える。

しかも理一郎は、燿子の顔を見るなり、

「片づけをしながら、まだ生きている彼女と、久しぶりに向き合っているような錯覚にとらわれては、整理の手が止まってしまう」などと言うのである。

近頃の彼はそんな風に、燿子には何でも正直に打ち明けるのだ。

何を今更……と、出がけの瑞江の電話も尾を引いて、その正直さにも腹が立った。

そんな燿子にお構いなしに、理一郎がつぶやいた。

「まったく、生き方の転換は、想像したほど容易ではなかったよ」

返す言葉が見つからずにいると、彼も再び黙り込んでしまった。

その背や肩は、たった二日会わなかっただけで、ひとまわり縮んでしまったようにも見える。

感傷的になっている理一郎の気持ちは、燿子にもわからないではない。

わからないではないが、片づけが進まないことに、苛立っていた。

何を考えているのか、ぼーっと虚空《こくう》を見つめている彼の膝の上には、何枚もの紙片が載っている。

見れば古い年賀状で、いずれも宛先に「仙崎永子」の名が書かれていた。

「こんなのは、もう要らないでしょう?」

思わず理一郎の膝の上の年賀状を取り上げて、ゴミ袋に捨てようとすると、

「やめてくれ!」

彼が叫んで、燿子の手から葉書を奪い返すと、キッと睨んだ。

「なんて薄情な女なんだ……」

と責めるような目をしている。

意外だった。

理一郎と知り合って以来、一度も見たことのない、自分を拒絶するような目に、燿子は当惑した。

妻の死からもう五年近くが過ぎているのに、どうしてこんな年賀状まで、捨てずにとっておいたのか。

なぜいまになっても、捨てられないのか。
それが理解できない。
理一郎が、言い訳や自己弁護的なことを言うのを、極端に嫌う人なのはわかってい
る。相手に洞察力がなくてわかってもらえないなら、それで仕方ないと考える人だ。
いっぽう燿子は、相手の誤解を生まないようにと、何でも率直に伝えるのを信条に
してきたので、そんな理一郎に歯痒《はがゆ》さを覚えることも多い。
これでは肝心の片づけも、いつまで経っても終わるわけがない。
燿子がついに爆発して、
「何をぐずぐずしているの?」
と言い放ったとき、玄関のチャイムが鳴って、神田の古本屋がやってきた。
燿子は気を取り直して、二人の男を家の中に招き入れ、
「テープを貼った棚は、残しておきたい書物です。それ以外の棚のものは、廊下のス
チール棚のものを含め、全部要らないものです」
と説明した。
早速、古本屋の男が、値をつけて引き取るものと、資源ゴミにしかならない本の選
別を始めた。始末していい本だけでも、ゆうに一万冊を超える蔵書類である。それら
を選り分ける作業は、何時間もかかりそうだ。

片づけを手伝うためにやってきた燿子も、自分にできることは何もなく、書棚から床に下ろされた書籍を手に取り、気休めのようにホコリを払うしかない。

気がつくと、理一郎が壁際に突っ立って、値のつく本を次々紐で縛っていく男たちの作業を、ただ眺めていた。

納戸の片づけは、また止まってしまったようだ。

研究者という仕事柄、長年大事にしてきた書物には、どの一冊にも思い出と愛着があり、それを選別されるのは、身を切られるような寂しさがあるのだろう。

燿子は彼の気持ちがわかるだけに、黙って見守るしかない。

見守りながらあらためて、理一郎と自分が経てきた人生の隔たりを感じていた。

この家に残されていたものは、ともに長年にわたって学者という仕事に携わってきた夫婦の生の証である。

自分がこの家にやってくるからといって、そのすべてを捨て去る必要などあるのだろうか。

誰かを愛するということは、その人が経てきた人生を、丸ごと受け入れることではないのか。それが晩年を迎えた者たちの出会いではないのか、と燿子は考え始めていた。

陽も暮れる頃、ようやく古本屋の選別作業が終わって、縛った本をトラックに積み終えると、理一郎に数枚の一万円札を渡し、帰っていった。

古本屋が持って行った分は彼の蔵書の三分の一ほどで、あとの三分の二は完全なゴミとなり、あとで廃品回収業者が引き取りに来ることになった。

燿子はその夜、あれだけ楽しみにしていた広いベッドで一緒に眠るという目的を中止して、彼が引き止めるのもきかず、逗子の自分のマンションに戻った。

ひとりになって、もう一度考えたかったからである。

自分と一緒に暮らすことになったからといって、なぜ、理一郎が妻とともに生きてきた人生の軌跡まで、反故にしなければならないのか。

昨日までのように、理一郎が自分の部屋に通ってきて、燿子のベッドで愛を交わす。それでも十分に、二人の幸福な関係は続けられるのではないか、と。

もし理一郎が、過去の一切を処分することが、自分を迎えるための礼儀だと考えているのなら、それは違う。

彼は、昼間の会話のなかで、

「図らずも、六十年をともに暮らした妻が、どう生きてきたかを、もう一度反芻させられる機会だったよ」

と言っていた。

そんな理一郎の言葉が、燿子にはわかる気がしたのだ。

妻が大事にとっておいた物の数々を見ての思いは、五年前、彼女を天国に送った直後とは、また違う種類の感慨だったにちがいない。

そして、そうした精神的行為をおろそかにせず、丹念に見つめる人だからこそ、理一郎という男を愛し、尊敬しているのだ、と燿子は思う。

夜遅く、彼女は彼に電話をかけると、

「今日はごめんなさい。自分の物にせよ、彼女が残した物にせよ、無理に捨てる必要などないのでは？」

と伝えた。

ところが彼は、

「残しておいた、過去の記録によってしか、自己の存在を確かめられないなんて人生は、あまりに寂しいよ。そんな人生は、とても自慢できる生き方ではないね」

自嘲的に言うと、

「ごめんね、燿子。このところの僕は、まったく愚図だった」

と、謝罪の言葉を述べた。

「そんなことないわ。先生の家は広いんだもの。無理して捨てることなんてないと思う。とっておきたいものは、とっておいたら？」

「いや、このまま片づけをしてしまうよ。これまで八十数年、このまま自分に課してきた生き方、暮らし方を続けていれば、たしかに楽だったかもしれない。しかしその先に待っているのは、寂しい孤独死だけだ。それだけは、はっきりしている。過去を振り返る作業からは、新しい人生の飛躍は生まれないよ」

と、自らに言い聞かせるように、言った。

「わかったわ。明日また行くわ。私にできることは、あまりないけど」

翌日。理一郎の家に行くと、マントルピースの上にあった妻の遺影が消えていた。壁にかけられていた、仙崎永子が勲章を受賞したときの大きな額も、取り外されて、広い部屋から華やかさが消え去ってしまったような気がする。

あの写真はどこに行ったのかと部屋を見渡すと、書棚の隅に、額に入った永子の写真が隠れるように置かれていた。

きっと、仙崎永子が何より自慢にしていただろう大きな賞状も、額から外され、筒に入れて書棚の奥に立てかけられている。

納戸の扉を開けると、昨日までそこに積まれていた段ボール箱も、きれいに片づけられていた。

燿子は、そんな理一郎の行為に、覚悟と希望を感じるいっぽうで、少し見当違いだと思わなくもなかった。が、彼が考え抜いた末にしたことならば、何も言わず受け止めるべきだと納得して、永子の遺影に、心をこめて手を合わせた。

その日、やってきた廃品回収業者の仕事は、昨日の古本屋よりも、はるかにドライだった。

本を縛ることもせず、玄関前に横づけにした二トントラックの荷台に、片っ端からぼんぼんと、まさにゴミを捨てるがごとく投げ入れるうち、トラックの荷台があっという間に満杯になった。

そしてそのトラックも、理一郎が長年大切にし、「学者のいのち」と思っていた何千冊もの貴重な書籍を、書類の詰まった段ボール箱を、何本ものスチール製の書棚とともに、ただの「ゴミ」と扱って去って行った。

トラックが去ると、一階の玄関前の廊下から書物が消えて、広々としたものの、急に仙崎邸の個性と魅力までもが消えてしまったような気がして、燿子は床を磨きながら、寂しさをおぼえた。

廊下の床を拭き終えて、二階の書斎に行ってみると、理一郎が、がらんと空洞になった書棚を前に、ひとり佇んでいた。

その背が、ひどく心もとなく見えて、近づくと、彼の手をとった。

「お疲れさまでした」

その声に、はっとしたように振り返った理一郎が、燿子の肩に手を置いて言った。

「ありがとう、燿子。あなたは、大変なことをしてくれたね」

「え？　どういうこと？」

「こんなことは、あなたでなくては、できなかった」

「あら、私がしたの？　本を捨てたのは、先生よ」

見上げる燿子を、理一郎が抱きしめる。

そして、耳元で囁いた。

「古本屋や回収業者の仕事を見守っているあいだは、どうしてあんなに感傷的な気分になったんだろう。恥ずかしくなるほどセンチメンタルな気分だったよ。それがいまは、抜けるような爽快感を味わっている」

「爽快感？」

「そうだ。こんな解放感が待っていてくれたなんて、思いもしなかった」

「後悔は、していないのね？」

「もちろんだよ。僕は長いこと、あれらの本を、ときには自分の拠り所とし、ときには存在証明のようにして縋ってきたけど、それらの思いはすべて幻想に過ぎなかった。自己満足的な妄執《もうしゅう》だったと気がついたんだ。燿子のおかげだよ。ほんとにありがとう」

「よかった……」

言い合って抱き合い、いつものキスをしようとしたとき、理一郎が何か思い出したように身体を離し、書斎のデスクに行くと、引き出しから数枚のA４の紙を取り出した。

「こんなものが出てきたよ」

手渡された紙片を見ると、鉛筆で丁寧に描かれた、薔薇や蘭などの花の画だった。

「どうしたの？　いったい誰が描いたの？」

「僕だよ。昔々、教授会の退屈な会議のたびに、こっそり描いていた」

と、悪戯《いたずら》っぽい顔で笑った。

「まあ！　あなたにはこんな才能があったんだ……」

燿子は、それらのデッサンを見ながら、これまで想像もしなかった一面を知って、嬉しくなった。

「素晴らしいわ。大切にとっておいてね」

紙片をデスクの上に置くと、理一郎の手を取り、届いたばかりのダブルベッドに誘った。

ベッドで再び抱き合い、キスをしながら、魂と魂で語り合う。

「ご苦労さまでした」

「燿子。あなたは、この部屋で、本に埋もれて孤独死するしかなかった僕に、もっと積極的な、生きることへの肯定を教えてくれたね。あなたの、誰にも頼らず依存せず、自分のすべきことをどんどんやっていくその姿から、僕は、九十になる前に、大事なことを教えてもらった。この、ペシミスティックな老人に、新しい生き方を示せる人は、耀子、あなたんだ。あなたの潔さが、僕の〈生き方の転換〉を後押ししてくれただけだ。『最後のひと』と生きる世界へと、僕の目を開かせてくれたあなたに、心から感謝しているよ。二人で、いままでとは違う明日を、生きよう」

「嬉しい……。九十歳も目前になって、そんな〈生き方の転換〉ができる人なんて、仙崎理一郎以外にいないわ。あなたはほんとうに稀有なひと。これからは、二人いたわり合いながら、心から笑いながら、生きていきましょうね」

窓からの風が心地良い、新しいベッドの上で、抱き合い、キスをしながら魂と魂の対話をした。

その「対話」は、二人が耀子の部屋のソファで、最初にキスをしたときからだった。いっときの違和感も覚えず、互いを求め合い、愛し合い、理解し合うことができた。はじめはその自然さが、二人ともに不思議でならなかったが、いまではそれが当り前になっている。

愛の交わりも、最初はキスをしただけで十分だったのが、この数ヶ月のあいだに、ずいぶん豊かでバラエティーに富んだものになってきた。

燿子にとっては、理一郎のあまりに優しく繊細な、乳首への愛撫だったり、理一郎にとっては、自分の萎んだペニスを、燿子が口の中で慈しみながらしゃぶったりと、二人の愛の行為は、日々、確実に進化していた。

それは、自分たち二人にしかできない、知的で創造的な行為なのだと思える。

「あぁ、あなたともっと早く会えればよかったのに。せめて五十代の頃に会いたかった」

そんな燿子の言葉を聞くたび、

「それは違うな。この歳になって会ったからいいんだよ」

と、理一郎は同じ言葉をくり返す。

もし、若い頃に出会い、若い肉体同士でセックスをしていたら、その恋は短いもので終わっていただろう。

もし若い頃に結婚をしていたら、いまごろは互いの存在を、空気のようにしか感じられず、触れ合いたいと思うこともなかっただろう。

老いて出会ったからこそのセックスは、もう「それがなくては生きていけない」と本気で思うほど、かけがえのないものになっている。

人は、歳をとればもう、肉体的な交わりは卒業するのが当たり前、と思っている。

それが一般的な社会通念であり、言わずもがなの常識だ。

理一郎と燿子も、出会うまでは、そんなものだと思っていた。

ところがいま、人生の最終ステージを迎えて、いたわり合い、慈しみ合うエロスこそ重要なのだ、と痛切に感じている。

男も女も、社会のなかで縦横に受けてきた圧力によって、男が男のままでいること、女が女のままでいることを阻まれてきた。

燿子は、もうじき九十歳を迎える理一郎が、男と女の「対等なセックス」を求める人であることが、彼を「最後のひと」と考える、いちばんの理由となった。

仙崎理一郎は、女性を支配しようとする男ではなかった。

人生の最終ステージで、そんな男と出会えたことを、燿子は奇跡のように感じていた。

二人は、老いて社会から外される存在になって、やっと自由な、本来の自分自身に戻ることができたのである。

日常生活では、ときに言葉で傷つけ合うことがあったり、喧嘩をすることがあっても、肌と肌を触れ合って、愛の行為を交わせば、とびきり仲睦まじい二人に戻ることができる。

外出して、タクシーや電車に乗っているときも、互いの身体のどこかに触れ合っていれば、ともに安心できるのだった。

彼女はいま、二十四時間、三百六十五日、理一郎と一緒にいたいと思っている。

彼が、一大決心をして、生き方の転換に挑んだのにくらべ、燿子の場合はすべてが自然だった。

ついこのあいだまでは、あれほど「孤独」を友として、きっと、最期のときまで独りで生きていくものと、覚悟していたはずだった。それが不思議なほど、苦もなく、穏やかに、そして楽々と、新しい人生のハードルを越えていた。

迷いも逡巡もなく判断ができたのも、老いて出会ったからこその恩恵にちがいない。

結婚して、書類上の手続きをするかしないかなど、どちらでもいい。

どちらか片方の死によって訪れる、永遠の別れのときまでは、このひとと一緒にいたい、離れたくないと思っている。

だから「最後のひと」なのだ。


コロナの感染者の数もようやく減ってきて、明日から京都に行くことになっている。

その旅を前に、理一郎を逗子駅に迎えに行って戻ると、先ほどまで満開に咲いていたハナミズキの花が、風で落ちて、白い絨毯を敷きつめたように、マンションの庭を飾っていた。

毎年、ゴールデン・ウィークを前に、燿子の目を楽しませてくれる美しい光景だ。

部屋に戻り、二泊三日の旅をできるだけ軽装でと、燿子のキャリーケースに最低限の荷造りをしていたとき、インターホンが鳴って、宅配便が届いた。

差出人の名前だけで、毎年この季節になると山口県萩の友達が送ってくれる、夏みかんだとわかった。

重い段ボール箱を開けると、

「今年は暖冬だったので、我が家の庭の夏みかんも順調に育ちました」

という手紙とともに、十数個もの大ぶりの夏みかんが入っていた。

「まあ、こんなにたくさん！」

燿子が、旅の前日の到来物に、どうしたものかと思案していると、

「僕がジャムをつくるよ」

「今日でなくてもいいんじゃない？　戻ってからにしましょうよ」

燿子が止めるのも聞かず、理一郎が嬉しそうに、キッチンに向かった。

ペティナイフで、まな板の上に並べた夏みかんを丁寧にカットしていく、その手さばきを眺めながら、彼が私の台所に立つのは初めてのことだ、と燿子は考えている。

このひとに会うまでは、寂しくとも、気ままなひとり暮らしが、ずっと続くのだろうと思っていた。

仲のいい夫婦たちが、当たり前に営んできた、このように穏やかな日常。

つい半年前までの自分は、そんなものは望めない運命にある、と思っていた。

燿子は、ジャムをつくる理一郎の姿を眺めているうち、思わず背中から腕をまわして、

「よかった。先生に、会えてよかった」

と言って、抱きしめた。

「こら、危ないじゃないか。離れなさい」

ぽっこりと出たお腹が、なんとも愛しくて、いつまでもしがみついていたい。

「先生。あと最低十年は、元気でいてね」

燿子は、未だ理一郎を、名前で呼ぶことができずにいる。

参考文献

『ミシェル・フーコー――1926-1984 権力・知・歴史』桑田禮彰ほか編、新評論
『フーコー――知と権力』桜井哲夫著、講談社
『ミシェル・フーコー伝』ディディエ・エリボン著、田村俶訳、新潮社

単行本　二〇二二年一一月　中央公論新社刊

解説

朝倉かすみ

わたしの母は八十九歳。本を読むのが大好きで、会いに行くと、「ネエこれ買ってきて」と新聞の切り抜きを見せ、ちょっきりの本代をわたしの手に握らせる。

わたしの見たところ、母の読みたくなる本に共通するキーワードは「高齢」のようだった。作者や登場人物の年齢が母自身に近くなるほど興味がそそられるらしい。

そこでわたしは『疼《うず》くひと』をプレゼントすることにした。本書著者の前作である。

「七十歳の女のひとが恋をする話だよ、今、人気沸騰だ」

本の表紙を見せながら母に言った。「なにしろ恋の話だからさ、ちょっとエッチなトコもあったりするんだよねー」と、だいぶザックリした表現で性愛のシーンがあることを匂わせた。

母に渡す前に読んでみて、うっすら不安だったのが、性愛のシーンが描かれている点だった。そもそもで言えば、古稀の女性の恋愛譚を母が受け入れるかどうかも謎である。いわゆるこの手の話をわたしは母としたことがなかった。

「やっぱちょっと刺激的だったかな？」

読了した母に訊《き》いた（意識して軽く）。すると母はこう答えた。

「べつに？　ふつう」

「えっ」

わたしは驚き、「そう、ふつうなの」と短く何度かうなずいた。「ふつう、ふつう」と母は面倒げに繰り返し、「あそこがよかった」とか「ここがよかった」と立板に水の勢いで激賞しだした。うんうん、と聞きながら、わたしは、なにがどう、というか、どのあたりが母にとって「ふつう」なのかぼんやり考えていた。

はっきりしているのは、母が七十歳ヒロインの性愛込みの恋愛小説をなんなく（むしろウエルカムくらいの熱量で）受け入れたという事実。そこで続編の『最後のひと』も買ってみた。「じゃーん」と本を手渡すと、母は占い師が持つような虫眼鏡を手に帯文を音読し始めた。

「75歳になって、86歳のひとを好きになって、何が悪いの？」

そしてため息をつき、

「なんも悪くないヨウ。ふつうのことサア」

とヒロインに語りかけるようにして独りごちたのだった。

『最後のひと』は『疼くひと』に連なる作品だ。

七十歳で五十五歳の鳶職《とび》・沢渡蓮《さわたりれん》と濃密な恋愛を経験した脚本家・唐沢燿子《からさわようこ》が、その五年後、七十五歳となり、八十六歳の哲学者・仙崎理一郎《せんざきりいちろう》と出会い、互いを稀有な存在として認め合い、最後にして最高のパートナーと思い定めるまでの六カ月間が描かれている。

おもに燿子視点で語られる。そこにときどき理一郎視点が挟み込まれる。「二人」視点のばあいもある。燿子と理一郎、ふたつの存在が愛の深さにより溶け合い、この世でたったひとつの存在のように感じられたときだ。

だからこれはきっと二人の愛の軌跡の物語だ。そこにフォーカスして読むのがいいのかもしれない。でも、わたしの目は、つい燿子に向いてしまう。気づくと、燿子というひとの物語として読んでいる。この小説を前進させ深化させる動力源は、燿子というひとにあると思える。

大学時代からの仲良し三人組（男二女一）の一人が亡くなり、燿子は新田《にった》と偲《しの》ぶ会をおこなう。そこで新田から「仙崎理一郎という哲学者の市民講座を受けている」と聞く。「学生時代はまともな勉強をしなかったからね。あの頃やり残していた宿題を、いまになってしているよ」という新田の言葉に、燿子は共感を覚える。燿子と新田は団塊世代だ。

〈学生時代は、ひっきりなしにあったロックアウトや、機動隊の突入といった外的な状況や、忙しいアルバイトを大義名分にして、学ぶことからも、深く考えることからも逃げていた。

卒業した後は出版社に事務職として就職し、先輩の編集者と、早々と結婚してしまった。そして出産を機に専業主婦になったものの、良妻賢母の夢破れて離婚した後は、ずっと食べていくための仕事に追われ、学問などとは無縁なまま、今日まで来てしまった。

これまでの人生で一度もしたことのない〈座学〉というものを、いまなら私もできるのではないか。〉

燿子は理一郎の著書を行きつ戻りつして読み通し、考えを巡らす。それまで使っていなかった頭のなかの入り組んだ部分を使うような新しい感覚があったのだろうと想像する。そして十月の土曜日、燿子は理一郎の市民講座に参加する。これが二人の出会いとなる、のだが、「やり残した宿題」が燿子の行動を促すエンジンになったのは今回が初めてではない。

『疼くひと』で描かれた沢渡蓮との恋を述懐するところにもあらわれる。

〈今にして思えばその恋は、意識下で長いこと求めていた女性としての「解放」を果たすために、燿子が自ら謀って成立した関係だった、と言えるかもしれない。（略）その男、沢渡蓮は燿子が長いこと「不得意科目」と思い込んでいた性的なことがらを、何の苦もなく、一気に「解放」に導いてくれた男だった。〉

「やり残した宿題」という表現には「叶えられなかったもの」という色合いを感じる。色合いだからグラデーションがある。「叶えたかったのに忘れていたもの」「叶えられっこないと思い込んでいたもの」「ずっと、ずっと、叶えたかったもの」などなどで、ぎゅっと縮めると、たぶん、「ほんとうのわたし」が望むこと、になる。

「ほんとうのわたし」は、つまり、今、胸にあてた手のひらにトクントクンと心音が伝わってくる、世界でただひとりの「このわたし」だ。だけれども、その言い分には用心がひつよう。「このわたし」は知らず知らずのうちに剪定されたり、針金で曲げられたり伸ばされたりしがちで、気づくと、ちいさくすがたを整えられた鉢植えになっている（ことが多い）。燿子も例外ではなさそうだ。

〈若い頃の自分は、どうしてあれほどまでに、「愛される女性」でありたいと願っていたのだろうと、古い日記帳を読みながら考える。

愛され続けるためには「自分を殺す」のも厭わない、「相手に添う」ことが「女性に生まれた者の務め」と、どうしてあんなにも信じ続けることができたのだろう。

夫からの抑圧を愛の証と錯覚して、なぜあれほどに「尽くす美学」に殉じたいと思ったのだろう。

そして、そんな自らが招いた抑圧に、長いあいだ悩みもがいた末に、燿子はついに諦め、離婚を決意したその日から、「独り」を選んできたのだった。〉

燿子は理一郎と出会うことで、「このわたし」を取り戻していく。それまでにも燿子は節目節目で、ときに歯を食いしばりながら「このわたし」を取り戻す作業をしてきたようだが、今回の取り戻しには季節がめぐるようなナチュラルさがある（やはり運命のひととの出会いはちがうなぁ）。

〈燿子はいま、人生の仕上げのときを迎えて、あれだけ「独り」がいいと思ってきたが、それは本心でも何でもなく、自分に言い聞かせてきただけではなかったか、と考えるようにもなっている。〉

ああ、そうか、自らの手で自分自身を剪定し針金で曲げたり伸ばしたりすることもあるのか、とハッとさせられる箇所である。それは年齢の縛りにも適用される。五年前、沢渡蓮との恋が彼の不慮の死で終わったとき、七十歳の燿子はこう思った。

〈（略）もう誰かを好きになることなどない、と本気で思っていた。
そんなことは、死ぬまで、もう二度とあるわけがない、と。
なぜなら、理由はひとつ。
もうこの歳だから。〉

ね、さしもの燿子もこう思ったのだ。しかーし！　燿子はここでも「このわたし」を取り戻す！　取り戻したのは、「今、このときのわたし」だ。「燿子史上もっとも新しい、フレッシュなわたし」である。

〈それがいま、「いい歳をして……」という自らの声を聞きながら、同時に「何が悪いの？」と、もうひとりの自分が言っている。〉

いつのまにか縮こまっていた手足をのびのびと伸ばすには、あるいは、凝《こ》り固まった老人のイメージを突破するには、まず自分の中で乗り越えなくちゃならないものがある。でないと頑固な世間に向き合えない。と、わたしは燿子に教えてもらった。ありがとう、燿子。あと、燿子が理一郎に送ったメールに書いてあった〈「一緒につくりあげる未来」みたいなもの〉ということばにも心からお礼を言いたい。未来はこどもや若者だけに来るものじゃない。そんな当たり前のことに気づかされた。だれかを好きになったり、触れたり触れられたくなったりするのと同じように、ふつうのことなんだ、って思った。

（あさくらかすみ・作家）

中公文庫

最後《さいご》のひと

2025年2月25日　初版発行
2025年7月5日　5刷発行

著　者　松《まつ》井《い》久《ひさ》子《こ》

発行者　安部順一

発行所　中央公論新社
〒100-8152　東京都千代田区大手町1-7-1
電話　販売 03-5299-1730　編集 03-5299-1890
URL https://www.chuko.co.jp/

DTP　ハンズ・ミケ
印　刷　DNP出版プロダクツ
製　本　DNP出版プロダクツ

Published by CHUOKORON-SHINSHA, INC.
Printed in Japan　ISBN978-4-12-207622-8 C1193